세 모양의 마음

설재인
장편소설

세 모양의
　　　　마음

시공사

차 례

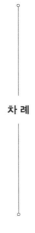

1

유주는 그 남자의 장례식장을 자주 생각했다. 남자의 장
례식장을 생각하면 발뒤꿈치가 몹시 아팠던 것이 가장 먼
저 떠오르곤 했다. 콕콕 찌르는 통증을 견디려 다섯 살 유
주는 뒤꿈치를 바닥에서 뗀 채 까치발로 서 있었다. 유주의
아버지가 절을 하던 그 찰나에, 죽은 남자의 부인이라는 젊
은 여자가 그대로 나동그라져 흐느끼던 기억은 생생했다.
여자가 나동그라지는 동안에도 유주는 뒤꿈치를 내려놓지
않았다.

그 씨발년이 잘만 버티다가 갑자기 보란 듯 쓰러졌다고
그 이후로도 아버지는 자주 이야기하곤 했다.

그러면 기억은 곧 달음질쳐 그로부터 2주 전의 계곡으로 간다. 유주는 팔다리를 덜렁덜렁 흔들며 물장구를 치고 놀았다. 오리고기를 굽고 자두와 복숭아를 씻어놓은 엄마가 나와서 밥 먹어라, 하고 외쳤다. 쪼글쪼글 주름이 잡힌 손의 물기를 털지도 않고 음식을 주워 먹으니 헐렁한 빨간색 수영복을 걸쳐 입은 배가 불룩 튀어나왔다.

밥 먹고 바로 들어가지 말라고 호통을 치는 아버지의 소리가 먼저였는지, 물살이 자신을 덮어 코와 입을 막은 것이 먼저였는지 그 선후를 유주는 잘 떠올릴 수가 없었다. 오래도록 유주는 자신이 일부러 들어간 것이 아니라고 말하고 싶었지만, 유주가 입을 뗄 때마다 바로 귀에는 욕설이 닿았고 온갖 물건이 허공을 날아다녔다.

발뒤꿈치를 잘못 디뎌 빨려 들어갔던 거라고, 그렇게 이야기하고 싶었는데.

전날 내린 비로 바위는 미끄러웠고 물은 평소의 두 배는 많았다. 유주는 소리도 지르지 못하고 순식간에 떠내려갔다. 몸에 힘을 주고 물 밖으로 얼굴을 내밀어보려 해도 귓가에선 계곡물이 소용돌이치는 소리만 들렸다. 숨이 쉬어지지 않았고 입으로 계속 물이 들어왔다. 그러다 정신이 까무룩 흐려질 때쯤, 거센 손아귀가 유주의 팔목을 잡았다. 그러곤 엉덩이를 번쩍 들어 얼굴을 물 밖으로 빼주었다.

　물이 가득해 흐릿한 시야에 들어왔던 것은 바윗돌 위에서 울던 엄마와 좀 더요, 좀 더, 하고 외치던 아버지, 발을 동동 구르던 사람들. 고개를 뒤로 돌리자 매끈하게 면도한 턱과 헐떡이는 입이 보였다. 그 턱과 입의 주인이 자신을 안고 있다는 걸 유주는 느낄 수 있었다. 그는 헐떡이면서도 괜찮아, 다 왔어, 라고 유주에게 이야기했다. 뭍에 다다를 즈음 그는 유주의 팔이 다른 어른의 손에 잡히자 발뒤꿈치를 자신의 손바닥으로 힘껏 밀어 올려주었다.

　조금만 더 힘을 쥐어짜 올려다볼걸. 턱과 입 말고, 눈을 바라볼걸. 아주 작은 목소리로라도 아저씨 고맙습니다, 하고 이야기할걸. 유주는 그대로 탈진했고, 결국 그의 눈을 영정사진으로 처음 보게 되고 말았다. 선명하게 쌍꺼풀이 있는 처진 눈이 싱긋 웃고 있었다. 저런 눈을 가졌구나. 나를 안고 헤엄을 치던 아저씨가. 유주는 생각했다.

　멀쩡히 뭍에 올라 부모의 감사 인사를 받았던 그는 2주가 흘러, 잠을 자던 중 돌연 이유를 알 수 없는 죽음을 맞았다고 했다. 시간이 그렇게나 많이 흘렀으니 그의 죽음은 우리 탓이 아니라며 유주의 아버지는 육개장을 먹다 상을 엎었다. 검은 옷을 입은 사람들이 혀를 차며 유주의 가족을 피해 등을 돌렸다. 당신 왜 그래! 그만해! 우는 엄마에게 유주의 아버지는 빈 소주병을 집어던졌다. 저 쌍놈들이 우리를 살인자 취급한다고, 딸년 살리러 들어가지도 못한 새끼라고 욕하는 게 다 들린다고! 아버지는 외쳤다. 씨발놈들이라고, 좆같은 개새끼들이 수군대고 지랄이라고. 상조회사 직원들이 달려와 아버지를 끌어낼 때까지 아버지는 침을 튀기며 허공에 삿대질을 했다.

급하게 나오느라 유주는 신발을 똑바로 신을 시간조차 갖지 못했다. 운동화를 구겨 신은 채로 절룩대며 뛰다시피 걸었다. 발뒤꿈치가 계속 아팠다. 차에 올라탄 아버지가 갑자기 경적을 길게 눌렀다. 두 번, 세 번, 네 번. 조용하던 대학 병원 장례식장에 경적 소리가 길게 울렸다. 벼락같은 경적에 조수석에 앉아 있던 엄마가 깜짝 놀라 배를 어루만졌다.

엄마 배 속에 있던 남동생이 세상에 나오긴 했다. 너무 일찍 나왔다. 아기를 씻기려는 간호사에게 의사가 실성한 사람처럼 화를 냈다고 했다. 아기 작은 것 안 보이냐고, 당장 체중부터 재라고 호통을 쳤다고 들었다. 아기는 붉은 피투성이 그대로 미숙아 판정을 받았고 인큐베이터에 들어갔다. 여기까지는 다섯 살의 유주도 모두 기억하는 사실이었다.

그러나 아기가 왜 세 번째 밤을 넘기지 못했는지 그 이유는 끝까지 아무도 알 수 없었다. 석고상처럼 입을 굳게 닫고 도무지 열 줄 모르는 병원과 지지부진한 공방을 벌였지만 결국에는 아무것도 남지 않았다.

그때까지 유주의 모든 세계를 감싸 보호하던 외피는 바싹 말라 쩍 갈라져버렸고, 그 안에 이미 깊이 져버린 흉은 사라지지 않았다. 죽은 남동생의 유령이 두 팔을 양껏 벌려 유주의 집을 덮고 있었다. 유주의 모든 실수와 실패, 부족함과 나약함은 언제나 죽은 남동생과 비교되어 더욱 도드라졌다. 울음 한 번 제대로 울지 못한 남동생은 부모의 상상 속에서 모든 면이 완벽한, 그야말로 이상적인 아들로 자라난 것일까. 네 동생이라면 그러지 않았을 거야. 네 동생은 너처럼 멍청하지 않았을 거야. 네 동생이라면 이렇게 속 썩을 일도 없었을 텐데. 네 동생이라면, 네 동생이라면……

유주는 밤마다 아무에게도 보이지 않게 이불 속에 손을 넣어 모으고 기도했다. 내일 아침엔 깨어나지 않게 해주세요. 오늘 잠이 들면 제 삶이 끝나게 해주세요. 기도가 무색하게 선명히 이어진 꿈속에서는, 죽은 동생과 자신을 비교했다. 동생이 자신보다 잘한 것은 일찍 죽은 것이었을까. 역시 너는 똑똑했구나. 꿈속에서 살아 있는 유주는 살지 않은 동생을 반복해 땅에 묻으며 혼잣말을 했다. 역시 너는, 바보 같은 나와는 처음부터 달랐구나. 그랬어, 너는.

남동생 잡아먹은 년. 유주는 이름 대신 그렇게 자주 불렸다. 그다음으로는 이렇게 불렸다. 절름발이. 절뚝이.

콕콕 찌르던 뒤꿈치, 물속의 남자가 잡고 들어 올려주던 그 발뒤꿈치가 낫지 않았다. 이상한데요, 아무런 문제가 없습니다. 정형외과에서 나오던 길에 유주의 엄마는 유주의 손을 뿌리쳤다. 혹시 일부러 그러는 거니. 엄마 눈을 똑바로 보고 말해봐. 일부러 그러는 거지. 엄마 아빠가 죄책감을 가지길 원해서. 불쌍해 보이려고, 그래서 일부러 절뚝거리는 거지. 아프지 않은데도 아프다고 엄살을 피우는 거지. 말해봐. 똑바로 말해보라고. 유주는 울었다. 울지 마. 뭘 잘했다고 울어? 불쌍한 척하지 마. 엄마는 목소리를 높였고 사람들은 모녀를 힐끗 돌아보곤 걸음을 재촉했다.

그런 게 아냐. 엄마는 엉터리야. 나는 아빠가, 엄마가 나를 보면 무서워. 무서우면 뒤꿈치가 아파. 그때 물에서 나오지 말았어야 한다고 생각해. 엄마 생각은 모두 다 엉터리야. 나는 집에 가고 싶지 않아. 나는 엄마가 날 보는 게 싫어. 그렇게 속으로만 말했다. 눈물을 참으면 딸꾹질이 나왔다.

다섯 살 상미는 어느 여자에게 유괴를 당할 뻔했다. 시외버스터미널에서였다. 엄마는 상미의 손을 잡고, 큰고모와 대화를 하며 매표소에 줄을 서 있었다. 엄마는 상미가 기억하지 못하는 줄 알지만, 그리고 상미 역시 엄마에게 자신이 그날을 기억한다는 사실을 말하지 않았지만 상미는 모조리 그려볼 수 있었다. 버스를 기다리며 앉아 있는 사람들의 께느른한 얼굴과, 아직 버스를 타지 않았는데도 괜스레 메슥거리는 속과, 근처 매점에서 아이스크림을 사서 나오던 아이의 표정 같은 것들을. 자신이 아이스크림의 껍질을 까주는 그 아이의 엄마를 물끄러미 바라봤다는 것도 역시. 그 아이스크림이 무엇이었는지, 무슨 색깔을 띠고 어떤 모양을 하고 있는지 잘 보이지 않아 기를 쓰고 눈에 힘을 주며 끝까지 고개를 돌리지 않았다는 것도…… 그리고 그때 엄마가 자신의 손을 놓았다는 것도.

그렇다. 손을 놓았다. 엄마는 나중에, 할머니와 고모들이 모인 자리에서 눈물을 흘리며 말했다. 표를 사려면 어쩔 수 없었다고 말했다. 하필 그때 매표원 앞에 다다랐고, 행선지와 인원수를 말했고, 값을 치르기 위해 가방에서 지갑을 꺼내야 했고, 손이 세 개가 아니니 어쩔 수 없이 상미의 손을 잠시 놓아야 했다고. 내가 잘못한 것이냐고 엄마는 섧게 울었다.

두 손이 자유로워진 상미는 그 아이에게 걸어갔다. 두 발자국 앞까지 가 우뚝 서서, 아이스크림이 아이의 입에 들어가는 모습을 바라보았다. 그걸 쪽쪽 빠는 아이의 입술과 가끔 보이는 혀의 빛에 상미는 혼을 빼앗겼다. 흰색과 하늘색이 섞인, 고체였다가 아이의 체온에 의해 서서히 진득한 액체 상태로 녹는 중인 그 달콤한 것이 입술에 닿는 모양새를, 혀가 그걸 다시 핥는 순간의 짧은 기쁨을.

상미는 고통스러웠다.

그때, 초로의 여인이 상미의 어깨를 짚고 말을 걸었다.

버스에 오르고 있는 상미를 찾아낸 것은 큰고모였다.

그 버스에 탔다면 어떻게 되었을까. 상미는 잠이 오지 않을 때마다 머릿속 그날의 비디오테이프를 거꾸로 돌렸다. 고모가 빠르게 뒤로 달리며 상미와 여인의 옆에서 사라진다. 상미와 여인은 천천히 뒷걸음질한다. 서두르지 않는다. 상미의 손에 들려 있던 아이스크림이 다시 여인의 손으로 옮겨 가고, 여인은 그걸 비닐 껍질에 넣는다. 비닐 껍질이 아무 일도 없었단 듯 다시 봉해진다. 상미는 온전해진 그 로고를 알아본다. 아이가 먹던 아이스크림과 같은 종류다. 상미와 여인은 뒤로 걸으며 매점 안으로 들어간다. 여인이 냉동고의 문을 열고는 아이스크림을 다시 집어넣고, 문을 닫는다. 상미가 손가락으로 그 아이스크림을 가리킨다. 오랫동안 아이스크림이 담긴 냉동고 앞에 서서 그 안을 멍하니 들여다본다. 여인은 서두르지 않는다. 그리고 상미의 손을 놓지도 않는다.

망설이지 않고, 그 아이가 먹던 걸 찾지 않고 아무거나 골랐다면, 버스에 오르기 전에 먼저 아이스크림을 까달라고 말하지 않았다면, 혹은 여인이 조금만 더 빨리 움직였더라면, 그랬더라면 상미는 그 버스에 탔을 것이다. 여인의 손을 잡고 어디로 향하는지 알 수 없는 버스에 탔을 상미는 어떤 삶을 살았을까.

고모가 상미의 이름을 고래고래 외치며 뛰어왔다. 여인은 그때까지도 손을 놓지 않았다. 지루하고 어둡던 터미널에 갑자기 생기가 돌았다고 느낀 것이 상미만의 착각은 아니었을 터다. 사람들이 모여들었다. 고모의 손아귀가 여인과 상미의 손을 갈랐다. 상미는 그게 마치 놀이와 비슷하다고 엉뚱한 생각을 했다. 무궁화꽃이 피었습니다. 무궁화꽃이 피었습니다. 너 움직였어! 술래와 새끼손가락을 건 아이가 애타게 다른 아이들을 바라본다. 무궁화꽃이 피었습니다, 무궁화꽃이 피었습니다……. 그리고 똑바로 세운 아이의 손 날이 서로 엮인 새끼손가락을 끊는다. 와아아아! 아이들이 목 놓아 외치며 술래를 피해 달아난다. 술래는 있는 힘껏 하나를 붙들고는 잡았다! 하고 외친다. 잡았다! 상미는 언제나 그 변두리를 돌며 누군가 자신을 보아주기를, 함께 놀자고 말해주기를 바랐지만 아무 일도 일어나지 않는 것이 다 반사였다.

애가 날 따라온 거예요. 여인은 말했다. 아이스크림 먹고 싶다고, 아이스크림 사달라고 손을 잡았어요. 엄마는 어디 있냐고 물었더니 없다고 했어요. 집이 어디냐고 물었더니 집도 없다고 했어요. 아니, 애 꼴 좀 봐요. 다들 애 얼굴 좀 봐요. 이 버짐 좀 보고, 애 손톱에 긴 때 좀 봐요. 입고 있는 옷 좀 봐. 이게 엄마가 데리고 다니는 애 꼴이에요? 이렇게 꼬질꼬질한 애가? 그래요? 그런 거예요?

미친년이지. 엄마는 상미와 둘만 남으면 자주 그렇게 중얼거렸다. 그 씨발년이 뭘 안다고…… 함부로 지껄이고 지랄이야, 미친년이…… 딱 보니까 그년이…… 애를 못 낳았겠지, 그랬으니까 그게 악에 받쳐서 그렇게…… 그딴 식으로…….

그리고 화살은 상미에게로 다시 돌아왔다. 어려서부터 거지 같았던 년, 처음 보는 사람에게 먹을 걸 구걸하고, 배곯은 애처럼 행세해서 제 어미를 욕먹이는. 거지 같은 년.

  미친년이지. 초등학교에 다닐 적, 상미는 학교 옥상에 몰래 혼자 올라 그렇게 중얼거리곤 했다. 나를 왜 낳아서…… 낳았으면 잘 키우지, 제대로 먹이지도 입히지도 않으면서…… 맨날 하는 말이 돈 없다는 말이지. 너한테 들어가는 돈이 얼만 줄 알기나 해! 잘하는 것 하나 없이 밥만 처먹는 년! 그놈의 돈, 돈, 돈…… 그때 내가 그 버스를 탔더라면…… 상미는 그렇게 반복해 말하며 혼자 초록색 바닥을 딛고 뛰어다녔다. 거기에서만 친구들의 눈치를 보지 않고 뛸 수 있었다.

2

　열다섯이 되던 여름방학, 상미가 도서관에 드나들기 시작한 것은 그저 더웠기 때문이었다. 더워서 사람들이 죽어가던 해였다. 선풍기로는 도저히 버틸 수가 없었다. 집에 에어컨이 있는 아이들과 그렇지 않은 아이들이 학급에 함께 있었지만 그 사이의 보이지 않는 담은 오래전부터 무너질 일 없이 견고하게 세워져 있었다. 담 바깥쪽, 상미와 같은 편에 있는 또래들은 피시방을 돌며, 혹은 수강료가 비싸지 않은 만큼 대충 가르치는 동네의 보습 학원을 드나들며 여름을 났는데 상미에겐 피시방에 갈 돈도, 학원에 갈 수강료도, 그리고 약속을 정하거나 시시콜콜한 이야기를 함께 나눌 핸드폰도 없었다. 그 연령대의 모든 아이들이 열광하거나 매몰되는 또래 문화를 그것이 폭력적이든 그렇지 않든 접하지 못한 것, 그게 누적되면 견고하고 배타적인 공동체에서 얼마나 크게 입지가 줄어드는지 엄마는 알았을까? 어떻게 모를 수 있을까? 알면서 일부러…… 설마 정말 일부러 그런 걸까? 딸의 인생을 엿 먹이려고? 어쩌다 가끔 생기는 친구는 만화영화도, 게임도, 아이돌도, 동네 학원 이름도 모르는 상미 옆에 진득하게 남아 있지 않았다. 너는 어떻게 된 애가 친구 하나 없니? 티브이와 컴퓨터를 없애고, 상미가 어디선가 얻어 걸어두었던 아이돌 브로마이드를 찢어버렸던 엄마는 상미에게 그렇게 묻곤 했다. 아빠와 엄마는 밥상에서 그렇게 서로 작당했다. 애한텐 결핍이 많아야 해. 부족한 게 없으면 애가 애답지 않게 오만하게 자라. 허영심만 늘어. 적당히 모자란 게 있어야 바르게 자라지. 그럴 때만 죽이 잘 맞는 부부였다. 그리고 그런 대화의 결과는 언제나 둘 중 누가 더 가난하게 살았는지에 대한 경쟁과 실랑이였다. 당신 집엔 라디오가 있었다며? 티브이도 있었다며? 그러는 당신 집은, 여자들도 다 고등학교 보내줬잖아? 당신 밥 굶어봤어? 쌀 없어봤어? 고기는 얼마나 먹었어? 배부른 소리 하지 마! 그럴 때마다 상미는 생각했다. 부족하게 자란 아이가 바르다는 부모의 철학을 무너뜨리는 반례가 바로 이 집의 자신일 것이라고.

그 여름 유주가 도서관에 드나들기 시작한 것은 그곳이 죽음을 연상시키기 때문이었다. 도서관의 열람실은 규모가 꽤 큰 편이었는데, 문학 분야의 장서들이 꽂힌 서가는 작고 외진 별실에 위치해 있었다. 유주는 그곳이 작고 외져서 좋았다. 그곳에 가기 위해서는 수많은 사람들을 지나쳐야 했다. 목 늘어난 티셔츠와 헐렁한 반바지 차림으로 슬리퍼를 끌며 돌아다니는 사람들의 얼굴과, 억지로 부모의 손에 끌려온 아이들의 얼굴과, 비치되어 있는 신문 앞에 앉아 있는 노인들의 얼굴. 그 얼굴들에도 큰 생기가 없었고, 유주가 별실로 향할수록 생기는 더더욱 줄어들었다. 마침내 별실에 도착했을 때는 발목에도 미치지 못할 정도로 야트막한 생의 물기만이 바닥에 고여 있었다. 말소리도 숨소리도 최소한의 볼륨만으로 낮춰져 있는 장소였다. 죽은 사람들이 쓴 시와 소설만이 사람에게 들리지 않는 자기 언어로 이야기를 나누고 있을 터였다. 유주에겐 별실 밖에서의 모든 순간이, 숨이 막힐 정도로 커다란 생기의 덩어리에 짓눌리는 고통의 시간일 뿐이었다. 죽은 남동생이었다면 이토록 많은 사람들 사이에서도 꼿꼿하고 밝았을 것이다. 주눅 들지 않고 생명의 냄새를 게걸스레 들이마셨을 것이다. 그것으로 심장의 근육을 단련시키고 피를 세차게 돌렸을 것이다. 유주는 아니었다. 유주는 자꾸만 안으로, 어둠으로, 조용한 무음의 공간으로 파고들 수밖에 없었다.

"너희는 친구니?"

사람들이 우르르 빠진 점심시간, 다 본 책을 제자리에 꽂으러 돌아온 여자가 낮은 목소리로 속삭여 물은 것은 방학의 중간 즈음이었다.

"아니요."

상미가 대답했다. 유주는 아무 말을 하지 않고 빤히 여자를 바라보았다.

"어머, 매일 같은 시간에 와서 밥도 안 먹고 같이 앉아 있길래. 친구인 줄 알았지."

"모르는 앤데요."

"미안하다, 얘. 내가 착각을 했네."

상미는 생각했다. 저 여자는 내가 무슨 처지에 있는 아이인 줄 알고 저렇게 천연덕스럽게, 아무렇지 않은 표정으로 밥도 안 먹고, 라는 말을 쓰는 걸까. 내가 밥을 먹을 수 없는 아이라는 것은 머리로 그려볼 수 있는 여러 갈래의 상상 안에 존재하지 않는 것일까? 그런 아이에게 그런 질문을 한다는 것이 얼마나 상처가 되는지도 모르는 여자인 걸까?

유주는 서가의 죽음 같은 고요를 깬 여자를 바라보았다. 그러고는 고개를 돌려 상미에게 눈을 두었다. 항상 자신에게서 2미터쯤 떨어져 있던 아이. 서가의 바닥에 자주 주저앉곤 하는 아이. 다리를 세모 모양으로 세워, 마치 작은 돌부리같이 웅크리고 책등을 골똘히 바라보고 있는 아이였다. 껌을 하루 종일 씹는 것 같았다. 소리가 나지 않도록 입을 작게 움직여 오물거리는 모양새로. 단물이 다 빠졌어도 몇 번이나 빠졌을 껌을 입에서 뱉지 않고. 얼굴을 자세히 보는 것은 처음이었다. 솔직히, 처음 며칠은 궁금했다. 자신과 같이 매일 혼자 도서관에, 하필 이 서가에 드나드는 아이가 있다는 사실에 작은 흥분이 일었다. 그러나 거기까지였다. 고개를 결코 들지 않는 상미는 점점 언제나 서가의 일부로, 움직이지 않고 바닥에 붙은 삼각형의 형태로 인식되는 대상이었다. 지금까지는……

"아줌마가 사줄 테니까 밥 먹으러 가지 않을래?"

여자의 물음에 상미가 뭐라 대답하기도 전에 유주가 입을 열었다.

"네, 먹을래요, 아줌마. 고맙습니다."

"너는? 밥 안 먹을래?"

상미는 고개를 저었다.

"저는 배 안 고파요."

　무얼 먹었을까. 어떤 이야기를 했을까. 돌아온 유주의 머리카락에서도, 옷자락에서도 희미하게 음식 냄새가 났다. 고통스러웠다. 자리를 피하는 것이 지는 것처럼 생각되어 상미는 엉덩이를 꾹 붙이고 참았다. 껌이 딱딱했다. 유주가 자꾸 힐끔대는 것이 느껴졌다. 두어 번 눈이 마주치고 나서는, 고개를 푹 숙이고 들지 않았다. 그러고 있으면서도 고개를 숙이고 있는 것이 쪽팔렸다. 머리를 들고 싶었다. 나는 잘못한 게 없어. 나는 너처럼 구걸하지 않았어. 나는 너처럼 거지 같은 짓을 하지 않았거든.

　위장이 요동치는 소리만 나지 않았으면, 하고 바랐다. 온 힘을 다해 뱃가죽을 안으로 집어넣고 숨을 참아도 그 소리가 살갗을 넘어 온 서가에 울릴 때가 있었다. 오늘은 그러면 안 돼. 상미는 생각했다. 간절히 생각하면 빌어먹을 몸도 자신의 말을 듣지 않을까. 오늘은 참아라, 오늘만 참아. 쪽팔리기 싫으니까.

유주는 상미의 불규칙한 호흡을 몰래 세고 있었다. 열람실 밖을 나온 상미를 유주가 절뚝거리며 쫓았다.

"저기, 저기 있잖아……."

상미는 고개를 돌렸다.

"이거 아까 아줌마가 후식으로 사주셨는데……."

유주의 손에 들린 것은 캐릭터가 그려진 초코롤 봉지.

"밥 먹고 속이 안 좋아서…… 체한 것 같아서……."

유주가 어색하게 윗배를 자기 손가락으로 쿡쿡 찔렀다.

"혹시 네가 좋아하는 거면 대신 먹으라고……."

"나 따라 나온 거야?"

"아니……."

유주는 침을 삼켰다.

"그게 아니라…… 토할 것 같아서."

"토?"

"배가 엄청 고파서…… 밥을 급하게 먹었나 봐. 토하려고 나왔어. 그래서 빵은 못 먹겠어."

유주는 사방이 막힌 화장실 칸 안에서 윗배를 한껏 집어넣었다. 과식을 가장하기 위해 뱃가죽을 쑥 집어넣는 게, 배에서 소리가 날 때마다 움찔거리던 상미가 몰래 했던 행동과 비슷했다. 혀를 말아 목구멍 쪽으로 당기고 힘을 주었다.

3분의 2쯤 양이 찬 속에서부터 웩, 웩 소리가 조금씩 나왔지만 거기까지였다. 옆 칸에서 상미의 오줌이 졸졸 소리를 내며 떨어지고 있었다. 더 크게 웩 소리를 내며 유주는 손을 뻗어 레버를 당겼다. 변기의 물이 세찬 소리를 내며 소용돌이쳤다. 레버를 일부러 잡고 있었고, 물은 계속 내려갔다. 상미가 옆 칸의 문을 열고 나가는 소리가 들렸다. 손을 씻는 소리, 상미의 주머니에 들어 있을 빵 봉지가 부스럭거리는 소리. 유주는 일부러 손등으로 입가를 훔치는 시늉을 하며 문을 열었다. 상미는 이미 나가고 없었다.

서가는 고요했다. 상미는 15분쯤 뒤에 돌아왔다. 주머니가 홀쭉해진 것을 유주는 곁눈질로 확인했다.

이튿날에도, 그다음 날에도 여자는 유주와 상미를 찾아왔다. 너는 오늘도 안 먹을 거니? 여자의 물음에 고개를 끄덕이는 상미를 바라보는 것이 유주에겐 고역이었다. 저 애는 왜, 매일 배를 곯으면서도, 꼬르륵 소리가 들릴까 봐 몇 시간을 숨도 제대로 쉬지 못하면서도 거절할까.

유주는 여자와의 점심시간이 그다지 어색하지 않다는 것을 깨닫던 참이었다. 오히려 사뭇 편안한 말동무가 되어줄 때가 더 많았다. 여자의 머리카락에는 새치가 많았다. 검은

색과 흰색이 섞여 회색처럼 보이는 머리카락 때문에 유주는 여자의 나이가 꽤 되는 줄 알았는데, 30대 후반 정도라고 여자가 두루뭉술하게 일러주었다. 생각보다 젊었다. 자기도 모르게 입을 벌리고 여자의 머리카락을 바라보던 날 여자가 웃으며 알려준 사실이었다.

"얘, 그렇게 이상하니? 염색이라도 해야겠니?"

"아, 아니요, 아니에요. 저 뒤쪽 벽에 뭐가 있는 것 같아서……."

그렇게 말하면서도 유주는 자기가 거짓을 말할 때마다 한없이 억양이 어색해진다는 사실을 알고 있었다.

"그나저나 네 옆에 매일 있는 애 있잖아. 그 애는 왜 밥을 안 먹으려고 할까? 배가 고프지 않나?"

"뭐……."

"혹시 이야기 좀 해봤니?"

"아뇨, 근데…… 뭐 아침을 먹고 왔을 수도 있고요…… 아님 살을 빼고 있을 수도 있고요, 아마도……."

"어머, 엄청 말랐던데. 다이어트하는 중일까, 설마."

"뭐…… 저희 학교 애들은 되게 날씬한 애들도 다 해요, 다이어트……."

"중학생들이 벌써 다이어트를 해?"

"초등학교 때부터 다들 하는 걸요, 뭐."

"참, 애들도……. 그러면 키 안 클 텐데."

"매일 얻어먹어서 죄송해요."

일요일, 점심을 먹고 벤치에 앉아 아이스크림을 먹으며 유주는 여자에게 그렇게 말했다. 여자가 후식으로 빵을 사주는 날에는 그걸 주머니에 넣고 서가에 올라가야 했는데, 마음이 걷잡을 수 없이 불편했었다. 굶고 있는 상미를 향해 온 신경이 곤두섰지만 빵을 건네줘도 되는지, 그렇지 않은지 확신이 서지 않았다. 주려면 첫날 헛구역질을 했던 것처럼 상미의 자존심을 건드리지 않아야 했는데, 어떤 방법을 써야 할지 궁리하고 있노라면 못내 억울했다. 왜 내가 이렇게까지 고민하며 저 애를 챙겨야 하는가. 고마운 줄도 모르고, 말 한 마디 제대로 걸 줄도 모르고, 콧대만 높은 저 애를. 뭐가 좋다고, 대체 왜. 그러나 빵을 주지 않고 주머니에 그대로 넣고 있자니 조금만 몸을 움직여도 바스락거리는 소리가 쥐나 바퀴벌레 지나가듯 바닥에 낮게 깔려 울렸다. 바스락, 바스락. 그럴 때마다 상미의 마음이 구겨지는 소리가 유주의 귀에 함께 들리는 듯했고, 언젠가는 참을 수 없어 화장실에 들어가 락스 냄새와 구린내가 섞인 그곳에서

허겁지겁 빵을 절반쯤 뜯어 먹고는 그대로 호되게 체해 하루 종일 고생한 적도 있었다.

오늘은 아이스크림이었다. 어차피 가지고 올라가도 줄 수 없는 아이스크림. 불편하지 않았다. 고민하지 않아도 되었다. 바닐라 맛 콘을 이로 크게 베어 무는 여자 옆에서 유주는 여자와 같은 자세로 앉아 녹은 크림을 핥았다. 정오를 조금 비껴간 태양이 여전히 뜨거워 금방 크림이 녹아 흘러내렸다. 조심하려 해도 손가락이 찐득해졌다.

"뭐가 죄송해. 내가 좋아서 사주는 건데."

"그래도요."

"나도 밥 혼자 먹는 것보다 누구랑 같이 먹는 게 좋지."

"그래도."

"내일은 휴관일이라 혼자 밥 먹어야겠네."

"저요? 저는 엄마랑……."

"얘는, 아니. 나 말이야."

"아……."

"화요일엔 다시 같이 먹어야지?"

"네. 감사합니다."

"방학은 언제 끝나니?"

"다다음 주에요."

"벌써? 그러고 보면 요새 방학은 참 짧아. 나 때는 토요일에도 학교 나갔는데. 그래서 방학이 엄청 길었는데. 방학 끝나면 나는 또 혼자 밥을 먹겠구나."

아줌마는 이름이 뭐예요? 직업은요? 왜 매일 도서관에 계세요? 유주는 궁금한 것이 많았는데 물어볼 수가 없었다. 어른에게 궁금증을 가지고 따져 묻는 것은 아마도 예의 없는 아이나 하는 짓이지 않을까 싶어서. 함께 서가에 있던 그 아이라면 물을 수 있을 것 같은데, 하는 생각이 들기도 했다. 또래들을 만나면 핸드폰 번호를 주고받곤 하지만 이런 어른에게 번호를 물어도 되는 것인지에 대한 확신 역시 없었다. 버릇없어 보이면 어쩌지, 싶었다. 사실 무엇보다 왜 매일 점심을 사주는 건지 묻고 싶었는데…… 그 질문을 꺼내는 순간 모든 것이 무너져 내릴까 봐, 아줌마도 사라지고 점심도 사라지고 다시 적막과 굶주림과 책 먼지가 가득한 서가 바닥에서 아무 사건 없이 하루를 보내게 될까 봐 두려웠다. 그 바닥에 앉아 읽던 소설에서, 주인공들은 언제나 괜한 의심과 궁금증을 품었다가 파멸하곤 했다. 자신은 그렇게 멍청하게 굴지 않을 거라고 유주는 생각했다.

아이스크림을 다 먹고 올라가려는데 여자가 주머니에서

뭔가를 꺼내 유주의 손에 쥐여주었다. 초코바 두 개였다.

"옆에 있는 애 하나 주고 너도 이따 간식으로 먹어. 더워서 녹진 않았나 모르겠다."

여자가 말했다.

월요일, 상미는 도서관 앞 벤치에 혼자 앉아 있는 여자를 보았다.

"어머, 애, 오늘 여기 휴관인데."

"알아요."

가뜩이나 볕이 고통스러운데, 속에서 뜨거운 김이 치솟아 올랐다. 대체 무슨 감정인지 그때의 상미는 잘 판단할 수가 없었는데, 나중에 알고 보니 어쩌면 그것은 부끄러움일지도 몰랐다. 아니, 조금 더 가까운 단어를 대자면 쪽팔림. 쪽팔렸다. 여자는 내가 휴관일도 모르는 바보라고 여기는 걸까. 그것이 첫 번째로 쪽팔렸고, 이어서 휴관일인데도 여기밖에 올 곳이 없다는 사실이 쪽팔렸다. 상미는 도서관에 드나드는 게 싫었다. 사실 책도 싫었다. 싫었는데 선택지가 여기밖에 없었다. 밖에 나가면 다 돈이야. 돈, 돈. 돈도 없는데 어딜 나가니? 그냥 집에 있어. 돈도 없는 사람들이 밥상머리에서 돈 얘기는 제일 많이 하고 지랄이라고 상미는 생각했는데, 그러나 사실이었다. 용돈 한 푼 없이 머무를 수 있는 공간을 도서관 외엔 찾을 수 없었다. 왜 내 삶은 매일 이렇지? 하루 종일, 한 달 내내, 1년을 관통하며 하는 생각은 오로지 그것뿐이었다. 왜 내겐 아무도 선택지를 주지 않지? 왜 내겐 이 길과 이 가족 하나밖에 허락되지 않은 거지? 왜 나는 아무것도 가질 수 없지?

상미는 그 옛날의 터미널로 돌아가는 꿈을 자주 꿨다. 아이스크림을 사주던 여인의 손을 끌고 버스에 먼저 올랐다. 버스에 오르기만 하면, 창문을 통해 작은 몸이 보이지 않도록 좌석에 딱 붙어 고개를 숙이기만 하면, 엄마도 고모도 자신을 찾지 못했을 것이다. 그러면 그 여인과 전혀 모르는 낯선 곳으로 향할 수 있었을 테고, 그게 바로 어쩌면 지금껏 살아온 상미의 삶에서 단 하나의 손가락을 더 꼽을 수 있는 '선택'이 될 수 있었을 터였다. 조금만 더 빨랐더라면. 조금만 덜 망설였더라면. 상미는 그 여인과 함께 살았을 선택지 너머의 또 다른 상미에게 끝없는 질투심과 열패감을 동시에 느껴야 했다.

여자의 얼굴을 보았다. 무슨 말을 해야 할까. 다 녹은 초코바, 지금까지 잘 먹었어요? 픽이나.

"휴관인 거 알면서 온 거니?"

"네, 알거든요."

"더울 텐데."

"여기 벤치 안 더워요."

"지금이야 아직 아침이니까 그렇지."

"그러는 아줌마는, 왜 여기 있는데요."

여자가 이마 가죽을 끌어올렸다. 주름이 지고 눈썹이 활처럼 휘었다. 되었다. 이게 상미에겐 익숙했다. 누군가 자신을 불편해하고 화를 내는 광경이. 그래야만 마음이 편해지니까. 그래야 지구가 옳은 방향으로 돌아가는 것 같으니까. 타인의 친절함은 일방통행인 골목길에서 역주행하는 승용차를 만나는 것만큼이나 급작스럽고 위협적이곤 했다. 그날의 터미널 이후, 내내 그랬다.

"집에서 도망쳤는데 갈 곳이 없어, 내가."

여자가 말했다.

"내가 집에 있으면 있지, 몸이 아파. 숨이 막혀. 견딜 수가 없어. 그런데 갈 곳이 없고, 할 것이 없고, 그래서 여기 와 있어. 도망쳐 있는 거야. 여기는 내 대피소야. 방공호야. 병원이야. 입원실이야. 너는 혹시, 나랑 같은 공간에 있는 게 불편한 걸까? 그래서 그렇게 화를 내는 걸까? 매일 나를 째려보고 그치, 그랬던 걸까?"

"안 째려봤어요."

"그럼 다행이고. 있지, 그냥 같이 입원했다고 생각해 주면 안 될까? 뭐, 예를 들어 나는 다리가 부러졌고, 너는 맹장이 터졌을 수도 있고. 각자 회복하는 속도가 다르고 회복할 수 있는 기간도 다르지. 나는 깁스하고 누워 있어야 하고 너는 방귀가 빨리 나와야 하고."

"아, 진짜."

"어쨌거나 같이 조금 머무르는데, 확실히 회복은 되는 거야. 완전히 회복해서 일상생활로 돌아가는 게 보장되어 있어. 그러니까 서로를 좀 참아줄 수 있어. 뭐, 그렇게 생각해 주면 안 되겠니?"

"아줌마."

"응?"

"아줌마 말 되게 많네요."

"음."

"저는 회복 안 돼요. 말 많은 사람도 싫어요. 일상생활은 더 싫고요."

상미는 그렇게 이야기하고 벤치로 걸어갔다. 긴 벤치 여러 개가 모여 정사각형 모양을 이루는 등나무 벤치. 상미는 여자가 앉은 벤치와는 다른 곳에 자리를 잡고 앉았다.

"그리고 병실에서 떠드는 건 민폐예요."

"미안해, 내가 개념이 없었네."

여자가 웃었다.

아직 아침이어서, 머리를 비스듬히 내리쬐는 햇빛은 바닥을 향해 완만한 각도로 떨어졌다. 보도블록에 두 사람의 둥근 머리가 그림자를 만들었다. 상미는 무릎을 그러안아 앉았다. 여자의 목덜미는 동굴 같았다. 어디서 오는지 알 수 없는 물이 고여 중력이 작용하는 방향으로 뚝뚝 떨어지는. 어디가 아픈 사람처럼 여자는 땀을 흘렸다. 몸이 좋지 않은 걸까. 여자는 축축하게 젖은 목덜미를 닦을 생각도 하지 않는 듯했다. 그걸 보고 있노라니 상미의 몸이 다 근지러웠다.

"근데요, 왜 집에 있으면 아파요?"

말을 걸지 않으려고 했는데 땀방울이 가득 맺힌 여자의 얼굴을 보고 있노라니 짜증이 나서, 왜 저걸 닦아내지도 않는지 명치가 꽉 막힌 듯 너무 답답해서 그만 질문이 튀어나왔다.

"아줌마가 있지, 같이 사는 사람이랑 사이가 안 좋아."

여자의 대답이 바로 날아왔다. 아무렇지도 않다는 듯. 괜찮다는 듯. 마치 밥 먹었어요? 하는 질문에 네, 먹고 왔어요, 라고 대답하듯.

"가족이랑요?"

"뭐, 그렇지. 정확히 말하자면 아빠랑."

"헐."

"왜 헐이야."

"아줌마처럼 나이 먹은 사람도 그래요?"

"뭐가 그래요야, 뭐가."

"부모님이랑 사이 안 좋은 거."

"아, 그럴 수도 있지, 얘."

"아줌마는 어른인데요. 어른들은 다 가족한테 잘해라, 부모님한테 효도해라, 말 잘 들어라, 그런 잔소리들 엄청 하잖아요."

"뭐 다 같은 어른일 수 있겠니. 내가 어른이 덜 된 것일 수도 있을 테고."

"너무 끔찍해요."

"미안해."

"아뇨. 아줌마가 미안할 게 아니고. 어른이 되어도 좋아지지 않을 수 있다는 게 끔찍해요. 저는 어른이 되면 괜찮아질까 했어요. 저도 어른이 되면 효도하고 싶은 마음이 생기게 될 줄 알았어요. 저는 엄마 되게 싫어해요. 아빠도 되게 싫어해요. 그러면 안 된다고 사람들이 욕하잖아요. 근데 저는 좋아하는 마음이 안 생겨요. 그래서 그 생각밖에 안 했어요. 어떻게든 최대한 버텨서 어른이 되면 괜찮아지나 봐. 어른이 되면 화해하게 되나 봐. 어른이 되면 엄마 아빠가 왜 그랬는지 이해하게 되나 봐. 아니면 내가 왜 그랬는지 반성하게 되거나……."

그런데 그게 아니었군요.

제발 바람 한 점이라도 불었으면 좋겠다고 상미는 생각했다. 여자가 말을 잇지 않아서, 괜스레 민망한 기분이 들어 운동화 뒤축으로 벤치 기둥을 툭툭 차기만 했다. 개미 떼가 줄을 지어 매미의 사체를 덮고 있었다. 매미의 사체라니. 아직 시원스럽게 울어젖히는 매미들이 가득한 때에, 혼자 무슨 바람이 들어 일찍 나왔다가 혼자 픽 죽어버린 걸까. 배를 까뒤집고 발라당 누워버린 매미를 발끝으로 툭 밀었다. 매미가 두 뼘쯤 움직였다. 개미들이 혼란스럽게 뒤엉켰다.

"10시도 안 됐는데 인간적으로 너무 덥지 않니?"

여자가 갑자기 자리에서 일어나 엉덩이를 툭툭 털었다.

"안 되겠어, 나는 브런치를 먹으러 가야겠어."

"브런치요? 웬 브런치."

상미가 입꼬리를 턱 쪽으로 내렸다. 상미의 옛 친구들은 그걸 '에에엑'이라고 부르곤 했다. '에에엑'이라는 발음을 하며 이마를 찡그리면 누구든 상미의 얼굴을 흉내 낼 수 있었다. 너 맨날 이 표정으로 있잖아. 좆나 웃겨. 담임 앞에서 이 표정 할 때 진짜 좆나 빵 터져. 친구들은 그렇게 말했었다. 물론 친구들이 있을 때의 이야기다.

"에에엑. 아줌마랑 안 어울려요."

"먹을 거 앞에 어울리고 말고가 어딨니."

여자는 두 걸음쯤 움직이더니 상미를 향해 고개를 돌렸다.

"거절당할 거 아는데 너무 더워서 그냥 물어보는 거야. 내가 사주는 브런치 먹을래, 아니면 그렇게 계속 앉아 있을 래? 참고로 오늘 최고기온이 36도라고 하더라. 뉴스에서. 너 여기서 더위 먹고 꼴까닥하면 내가 마지막 목격자라 골치가 아파지겠지. 경찰서 엄청 다니고, 진술하고. 알리바이 없다고 누명 쓰면 어떡해? 여긴 우리 둘밖에 없는데."

"아줌마, 저는 폐 끼치지 말자는 게 인생 모토예요."

"죽어서 폐 끼칠래, 시원한 데서 브런치 먹을래?"

"사장님, 북엇국 보통 하나랑 특 하나 주시고요. 참이슬 한 병, 사이다 한 병이요."

너무나 아무렇지도 않게 주문을 하는 여자 앞에서 상미는 황당했다.

"아줌마, 지금 10시도 안 됐어요."

"브런치에 음료가 있어야지."

"소주가 어떻게 음료예요. 그리고 이게 뭐가 브런치예요."

"브런치가 뭐 별거니? 아점이 브런치지."

"아줌마 설마 알코올 중독이에요?"

"나는 신선이거든. 신선이라 밥 먹을 때마다 술 한잔씩 하는 거야."

"허."

"머리카락도 하얘서 설득력 있지 않니?"

금방이라도 떨어져버릴 것 같은 간판을 달고, 당장이라도 무너져 내릴 듯한 건물에 뿌리를 내린 북엇국 가게였다. 에어컨만은 쌩쌩 돌아가는 새것이었는데, 그래서 내가 너를 여기로 데려왔지 괜히 데려왔겠니? 하고 말하며 여자는 풋고추를 들어 아삭아삭 씹어 먹었다. 상미는 여자의 것보다 건더기가 배는 많은 자신의 그릇을 내려다보았다. 국물이 우유처럼 뽀얬다. 국밥이 나왔을 때 여자는 상미에게 묻지도 않고, 특은 애 거고요, 저는 보통이요, 하고 말했다.

사실 이 가게를 상미는 알고 있었다. 저녁 밥상에서 화제로 가끔 오르내리는 가게였다. 내용은 주로 사람들이 얼마나 우리보다 잘살면서 얼마나 우리보다 우는소리를 많이 하는가에 대해서였다. 아니, 고깃국도 아니고 무슨 북 엇국을 7천 원씩이나 내고 먹어? 반찬도 풋고추에 깍두기만 준다더만. 빌어먹을 장사꾼 새끼들. 그런 가게가 여기서 몇십 년씩 장사를 하고 있단 것 자체가, 사람들이 살 만하다는 거지. 역시 다들 돈이 있는 거야. 우리는 삼시 세끼 라면만 먹어도 힘든데. 그러면서 힘들다고 지랄이지. 거지 같은 세상. 돈만 밝히는 세상. 돈이 많은 새끼들이 더 우는소리 한다니까? 우리 같은 사람들은 찍소리도 못 하는데. 청빈하게 살자, 정직하게! 이상미, 대답해 봐, 청빈하게! 정직하게! 장사꾼 새끼들한테 속지 말고! 못살지라도 꼿꼿하게! 부모가 밥상을 사이에 두고 탁구를 치듯 그런 이야길 주고받을 때, 상미는 혼자 바닥만 내려다보며 침을 꿀꺽 삼키고 생각했다. 제발 저 두 사람이 소리 좀 지르지 않았으면 좋겠다고. 서로에게 조용히, 조곤조곤, 차분한 말씨로 말했으면 좋겠다고. 저런 소리들이 얇은 벽을 타고 다른 집으로 새어 나갈까 상미는 두려웠다. 윗집에서 금방이라도 문을 두드리고, 저기요, 너무 시끄러운데 조금 조용히 말씀해 주시겠어요? 라고 말할 것만 같았다. 그러면 나는 아마 쪽팔려서 뒈져버릴 거야, 라고 상미는 생각했다. 그렇게 콱 뒈져버려서, 입 하나를 줄이겠지.

여자는 상미의 스테인리스 컵에 사이다를, 자신의 잔에는 소주를 따랐다. 그대로 목을 꺾으며 단숨에 한 잔을 들이켜고는 국물을 후루룩 떠먹었다. 말로만 듣던 7천 원짜리 북엇국. 자기 것은 8천 원짜리 특. 상미는 젓가락을 들고 자기 몫의 그릇을 뒤적이다. 두부와 큼지막한 북어 덩어리를 함께 숟가락에 얹곤 한입에 집어넣었다. 고소하고 짭짤한 맛이 입안에 퍼졌다. 상미는 혀를 굴렸다. 목구멍으로 넘어가고도 입안에 조금 남은 기름기를 빨았다. 이런 맛을 두고 어른들은 어어, 시원하다, 하고 말하는 걸까. 8천 원짜리 북엇국 특. 머릿속으로 계산을 했다. 사이다는 3천 원, 소주는 4천 원. 7천 원에, 8천 원에, 3천 원에, 4천 원. 다 더하면…….

"왜? 북어찜도 시켜줘?"

여자가 물었다.

"아, 아뇨."

"근데 왜 자꾸 메뉴판을 봐, 뭐 먹고 싶은 게 더 있는 사람처럼."

"아니에요."

"왜, 소주 한 잔 안 줘서 서운하니?"

"아니거든요? 아니에요."

엄마 아빠는 이 가게에 와본 적이 있을까? 그토록 밥상에서 입방아를 찧어 가루로 만들어댔던 이 가게에. 상미는 가게 안을 둘러보는 것을 멈출 수가 없었다. 오래 운영됐고 손님도 적지 않은 가게라고 알고 있었는데, 아침과 점심 사이의 어중간한 시간대라 그런지 홀에는 앞치마를 두르고 케이블 재방송을 보며 도란도란 이야기를 나누는 여인 둘과 중년의 남자 손님 하나, 그리고 여자와 상미뿐이었다. 깜박거리는 형광등 아래에서 볼륨을 낮춘 티브이의 소리와 가끔 의자가 바닥에 끌리는 소리, 조심스럽게 밥을 뜨거운 국물에 말아 후후 불어 먹는 소리들이 찰랑였다. 거기에 이따금씩 여자가 잔에 소주를 따르며 나는 꼴꼴거리는 소리가 얹혔다. 상미는 괜히 다른 어른들을 힐끔거리며 눈치를 봤는데, 여자를 우호적이지 않은 눈길로 바라본다거나, 핀잔을 주고 싶어 하는 기색은 아무에게서도 느껴지지 않았다. 아무도 자신과 여자를 적대하지 않았다.

그리고 냄새. 말린 생선의 콤콤하고 구수한 냄새. 상미는 한 번도 바다에 가본 적이 없었다. 진짜? 에이, 말도 안 돼. 그 얘길 하면 친구들은 믿을 수가 없어 했다. 6학년 때 수학여행은? 뭐 동해나 제주도로 안 갔어? 아빠가 못 가게 했어. 돈 낭비라고. 그 돈 다 운영위원회랑 선생들이 해 처먹을 거라고. 전교생 중에서 수학여행 안 간 사람은 나밖에 없었다? 그런데 맨날 학교 오라고 하더라? 가서 감독이랑 둘이 빈 교실에 하루 종일 앉아 있었다고. 씨발, 할 것도 없는데. 좆나 심심해 죽는 줄 알았다고.

물론 그 역시, 핸드폰도 없고 피시방에도 노래방에도 못 가는 상미를 친구들이 떠나기 전의 얘기다.

3

유주가 서가에 도착했을 때 상미는 이미 바닥에 앉아 책
꽂이에 몸을 기대고 있었다. 유주는 엉거주춤 상미에게서
5미터쯤 떨어진 곳에 주저앉았다. 후우, 하고 숨을 내쉬며
집에서 걸어오는 동안 인중에 맺힌 땀을 닦아내며 공연히
주위를 둘러보는데, 눈이 마주친 상미가 갑자기 유주를 향
해 손바닥을 들어 보였다.

인사…… 인사인가.

유주가 똑같이 손을 들어 보이자, 상미는 아주 작게 고개
를 끄덕이곤 다시 보던 책으로 고개를 묻었다.

점심시간이 되었을 때 상미가 자신과 여자를 따라오는 것을 보고 다시 유주는 적잖이 놀랐다.

"선택해라! 떡볶이! 밥버거! 맥도날드! 그냥 백반! 또 뭐가 있니? 아이디어 없니!"

여자는 앞으로 휘적휘적 걸어가며 구령을 붙이듯 외쳤다. 양팔을 앞뒤로 흔들면서. 그 뒤를 상미와 유주가 어기적거리며 쫓았다. 어미를 따르는 새에 빗대기에는 여자를 아직 미더워하지 못하는 티가 났는데, 막상 어른에게 억지로 끌려가는 아이라고 보기에는 여자와의 간격이 조금 좁았다.

"너희 뭐 먹고 싶은지 말할 생각 전혀 없지?"

여자가 혼자 팔짱을 끼고 짝다리를 짚으며 말했다.

라지 사이즈 감자튀김 세 통을 한 쟁반에 쏟아 놓으니 제법 높아 보이는 언덕 하나가 생겼다. 콜라가 담긴 플라스틱 컵이 너무 커서, 그걸 들고 빨대를 빨고 있는 여자의 얼굴이 갑자기 작아 보였다.

"야, 이거 들고 셀카 찍으면 얼굴 작게 나올 것 같지 않냐?"

상미가 유주에게 고개를 돌리며 물었고, 유주는 갑자기 훅 들어온 상미의 말에 놀라 어, 어…… 하고 말을 더듬을 뿐이었다.

"너네는 입이 작아서 다 흘리고 먹는구나."

여자의 말에 유주와 상미가 똑같은 소리를 내며 웃었다. 둘의 쟁반엔 똑같이 붉고 하얀 소스와 양상추 조각들이 후드득 떨어져 있었다. 감자튀김을 한데 모으기 위해 자기 쟁반을 쓴 여자의 앞에는 빈 테이블뿐이었는데, 여자는 흔적 하나 없이 깔끔하게, 그리고 게 눈 감추듯 빠르게 햄버거를 해치우는 중이었다.

"신기하네. 너희 둘 다 중학생이라고 했지."

"네."

"중학생이면 다 큰 애들이라고 생각했거든. 근데 입은 덜 크나 봐. 더 클 게 남았나 봐."

"이게 다 큰 거면 안 돼요."

상미가 비쭉댔다.

"왜?"

"키 때문에요. 더 커야 돼요."

"키가 왜. 별로 작지 않은데? 딱 나만 한 것 같은데."

"아줌마보다 작을걸요."

"한번 일어나봐. 일어나서 보자."

여자가 갑자기 벌떡 일어나는 바람에 상미까지 얼결에 엉거주춤 엉덩이를 의자에서 떼고 테이블 옆에 섰다. 여자가 외쳤다. 뒤로 돌아! 상미가 뒤로 돌자 여자는 자기 등을 상미의 등에 딱 붙였다. 허리 쫙 펴고! 여자의 말에 상미가 허리에 힘을 주었다. 자기 엉덩이와 팔꿈치, 어깨가 여자의 것과 맞닿아 있는 것이 느껴졌다. 거의 똑같은 위치에 있었다. 엉덩이도, 팔꿈치도, 어깨도. 등 뒤에서 여자가 유주에게 말하는 목소리가 들렸다.

"네가 일어나서 손으로 정확하게 재줘. 누가 더 큰지."

유주가 일어나 팔을 펴고 상미의 정수리에 손바닥을 갖다 대었다.

"진짜 똑같아요. 진짜 완전. 손톱만큼도 차이 안 나요."

"거봐, 너 키 안 작다니까. 네가 키 작다고 그러면 나까지 덩달아 슬퍼지는 거다, 알겠니."

여자가 말했다. 이어폰을 끼고 핸드폰을 보며 햄버거를 먹던 사람들이 힐끔힐끔 모르는 척하며 눈길을 던지는 것을 상미는 느꼈다. 이상하게 기뻤다. 나에겐 너희와 달리, 같이 이야기하며 점심을 먹는 사람이 있다고. 입꼬리가 스멀대며 올라갔다. 왜 이게 재밌는 걸까. 왜 지금 나는 웃음이 나는 걸까. 옆을 보니 유주의 표정 역시 상미와 똑같았다. 상미는, 물론 말로는, 쪽팔리니까 앉자고 했다.

"다 먹으면 아이스크림도 하나씩 먹자."

여자가 상미를 따라 자리에 앉았다.

"아이스크림은 유제품이지. 유제품엔 칼슘이 많지. 칼슘을 많이 먹으면 키가 크니까. 이의 있니, 중학생들?"

"아뇨. 좋아요."

유주가 감자튀김을 집어 케첩을 듬뿍 찍었다.

"근데 중학생들, 너희 이름이 뭐야. 지금껏 이름도 몰랐네. 내가 너희를 계속 중학생들이라고 부를 수도 없잖아. 그리고 너, 너, 하고 부를 수도 없고. 한 명씩 있을 땐 상관없는데, 둘 다 있을 때 내가 너, 하고 너를 부르면 그 너가 이 너인지 저 너인지 어떻게 알겠니?"

그날 상미와 유주는 드디어 서로의 이름을 알았다. 같은 한솔 중학교에 다니고, 같은 2학년이라는 것도 처음 알게 되었다.

"아니, 서로 같은 학교인 줄도 몰랐어?"

여자가 혀를 차자 상미는 대꾸했다.

"학교에 애들이 많걸랑요. 열 반이나 되는데 어떻게 다 알아요."

유주가 보일락 말락 고개를 끄덕였다. 유주는 10반 교실의 맨 구석에 혼자 앉아 시간을 보내던, 입을 연 날보다 입을 열지 않은 날들이 더 많았던 자신을 상미가 알지 못하는 것이 당연하다고 생각했다.

상미도 유주와 똑같은 생각을 했다. 10반에서 3반으로 숫자만 바뀌었을 뿐.

아이스크림은 금방 녹아 손가락에 흘러내렸다. 여자와 상미는 아무렇지 않게 손가락을 쪽쪽 빨았다. 유주도 슬그머니 혀를 내밀어 흘러내린 아이스크림을 핥았다. 엄지의 끝에서 시작해 검지를 지나 조금 눅눅해진 콘 위까지. 여자는 방학이 언제까지니, 몇 번을 들어도 까먹네, 하고 물었다가, 아니 뭐, 너희가 오지 않기 시작하면 그때가 개학이겠지 뭐, 하고 자문자답했다. 상미는 대답을 하지 않았다. 유주는 개학하는 생각을 하고 싶지 않아서 아무 말도 꺼내지 않았다. 몇 월 며칠이에요, 하고 대답하면 내일 당장 그날이 코앞에 와서 씨근덕대고 있을 것 같았다.

"아줌마는 이름이 뭐예요? 우리만 이름 가르쳐주면 불공평해요."

상미가 물었다.

"물어보고 염탐할 거지. 인스타 찾아보고 페이스북도 찾아보고."

"에이, 아니에요. 그럴 시간 없어요."

"유주는?"

"저는 핸드폰도 2G고 컴퓨터는 거실에 있어서. 어차피 못 찾아봐요."

"야, 그래도 넌 있긴 하네. 나는 엄마가 핸드폰이랑 컴퓨터 다 없앴어."

여자는 눈앞의 영수증을 골똘히 쳐다보다가 한 박자 늦게 대답했다.

"내 이름은 진영이야. 성은 비밀로 하겠어."

우리 동네에 이렇게 맛있는 걸 파는 가게가 많았구나! 두 아이는 이 여름에야 비로소 알았다. 진영은 매일같이 유주와 상미를 끌고 다녔다. 도서관에 구내식당이 있었지만 거의 가지 않았다. 언제나 먼저 먹고 싶은 걸 물었다. 메뉴는 지그재그를 그리며 매일같이 달라졌다. 어느 날에는 아기자기한 인테리어로 꾸며진 즉석 떡볶이 집에 갔다가, 다음 날에는 허름하고 낡은 기사 식당에 가기도 했다. 거기서 유주는 옆 테이블에 앉은 아저씨가 친구에게 딸 자랑을 하는 걸 들으며 밥숟가락을 주억거렸는데 상미가, 너 계란말이 남은 거 안 먹으면 내가 먹어도 돼? 하고 묻는 바람에 질척거리는 생각의 늪에서 후닥닥 깨어나 웃을 수 있었다.

4

"어딜 이렇게 싸돌아다니다 오는 거냐, 네 딸은."

할머니는 유주를 유주라고 부르지 않았다. 우리 손녀나 우리 강아지는 뭘 모르는 어른들이 쓴 낯간지러운 동화에나 나오는 표현이란 걸 알고 있었지만 적어도 자신을 부를 때 누군가를 거치지 않고 바로 불러줬으면, 하고 유주는 생각했다. 내 얼굴에 대고 직접 불렀으면. 하다못해 욕이라도 괜찮을 거라고. 그러면 할머니에게 소리라도 빽 지를 수 있을 것 같았다. 물론 막상 그 상황이 닥치면 절대 그럴 수 없을 테지만. 할머니는 언제나 유주의 엄마라는 필터를 거쳤다. '네' 딸. 입이 근지러우면 언제나 엄마를 걸고넘어지는 것이었다. 네 딸이 어쩌고저쩌고. 다리마저 성치 않은 네 딸이 이러쿵저러쿵. 그러면 엄마는 두 배로 악역을 잘 소화해 낼 수 있는 사람으로 변하곤 했다. 어쩌면 할머니는 아예 내 이름을 모르는 게 아닐까? 가능성이 없는 일은 아니었다.

나이 든 어머니 혼자 시골에 계시니까 영 마음이 불편하다고, 자신이 먼저 모시겠다고 처음 총대를 멘 것은 큰아버지였다. 그러라고 하지 뭐. 어차피 큰아들만 예뻐하는 엄만데. 유산도 그쪽으로 몰 게 뻔한데. 나중에 받을 거 생각하면 지금 고생을 몇 년 해도 이득이지. 안 그래, 엉? 식탁에서 아빠는 그렇게 말했었다. 그러더니 덧붙였다.

엄마도 좋지 뭐. 그렇게 애지중지하는 큰아들 맨날 봐, 큰손자 맨날 봐. 아마 밥을 안 잡숴도 배가 부를 거다. 귀하신 그놈의 큰손자!

유주의 엄마와 유주는 조용히 수저만 놀렸다. 밥그릇을 긁는 소리를 냈다간 또 야단을 맞을 것 같아 유주는 밥풀이 다닥다닥 붙은 그릇에 물을 부어 불렸다. 식탁에서 수저 소리를 크게 내는 것은 언제나 아빠뿐이었다. 유주와 동갑인 큰손자 경호는 나이답지 않게 참 따뜻하고 순한 남자애였지만, 이렇게 식탁에서 언급될 때면 유주 혼자 심장 언저리와 발뒤꿈치를 사정없이 찌르는 듯한 통증을 견뎌야만 했다. 내가 이렇게 아픈 것이, 모두가 내게 화를 내는 것이 경호의 잘못은 아니야. 유주는 그렇게 스스로에게 되뇌었다. 하지만 죽은 동생 대신 죽지 않은 경호가 큰집이 아니라 우리 집의 아이였다면…… 경호와 내가 남매였다면…… 이런 상상을 해보게 되는 것 또한 사실이었다. 그러면 우리 집은 좀 더 안전하고 평화로운 곳이 되지 않았을까. 밖에 있으면 집에 가고 싶다는 생각을 자주 하게 되지 않았을까. 무엇보다도 죽음에 대해 조금 덜 생각하게 될 수 있지 않았을까. 슬픈 것은 한 번도 유주가 자신이 남자아이였다면, 하는 상상을 해본 적은 없다는 사실이었다. 유주의 상상 속에서 자신은 언제나 가장자리에 구겨져 있었다. 덜 구겨지는 것과 많이 구겨지는 것의 차이가 있을 뿐.

두 달쯤 전에 할머니가 유주네 집으로 쫓기듯 들어왔다. 큰집에서 키우던 고양이를 할머니가 어딘가에 내다 버렸고 아직도 찾지 못했다는 이야기를 유주는 얼핏 들었다. 할머니가 고양이를 요물이라며 적대하는 것은 알고 있었는데, 큰손자와 고양이를 함께 키우는 광경에 그렇게까지 폭력적인 방법을 쓸 줄은 몰랐다. 큰어머니는 식음을 전폐했고 경호는 학교에도 가려 하지 않는다고 했다. 그 시간에 고양이를 찾는다는 전단지를 붙이느라 인근을 돌아다닌다고. 좀 진정될 때까지만 네가 어머니 맡아줘라, 응? 부탁이다. 집이 아주 쑥대밭이 됐어……. 큰아버지는 유주의 아빠에게 전화를 걸어 이렇게 말했는데 그 전화가 유주네 집을 얼마나 쑥대밭으로 만들지에 대해서는 아무런 고려도 하지 않은 듯했다.

"할머니 말씀 안 들리니. 어디 갔다 오냐고 물으시잖아."

엄마, 나한테 물은 게 아니잖아. 네 딸이 어딜 싸돌아다니다 온 거냐고 엄마한테 물은 거잖아. 다시 되돌려봐. 무얼 들었는지 생각해 봐. 엄마는 왜 내 탓을 해. 엄마는 왜 내가 잘못이라고 해. 엄마는 왜 나를 보호해 주지 않아. 대체 왜……. 그런 말들은 유주의 명치에서만 살살 움직이고 성대를 타고 올라오지는 못했다. 그래서 결국 나온 말은, 도서관에 다니고 있다는 한 마디뿐이었다.

"도서관?"

"네."

"거서 뭘 하나?"

"책도 읽고…… 공부도 하고."

"하이고, 동생 잡아먹은 년 주제에 지 앞길은 아주 야물딱지게 챙기려나 보지."

유주는 입을 다물었다. 눈꺼풀도 질끈 닫았다. 하나, 둘, 셋, 넷 숫자를 세었다. 숨을 크게 들이마시고 내쉬었다. 애를 써도 눈꺼풀 안쪽이 점점 뜨겁고 습해졌다. 맞다, 할머니는 유주가 뭘 하는지 궁금한 것이 아니었을 테다. 그걸 잠시 잊고 있었다. 할머니는 그저 최선을 다해 유주를 탓할 거리를 찾았던 것뿐이었다. 그게 즐거워서 아직 죽지 않고 저렇게 오래오래 정정하게 사는 걸까.

할머니가 온 후 집에선 매일같이 젓국 냄새가 진동했다. 생선 대가리와 꼬리를 푹 삭힌 후 곰국을 끓이듯 고아내는. 다른 어디서도 유주는 젓국이란 음식을 보지 못했는데, 바다를 바로 옆에 두고 살았던 할머니가 좋아하는 보양식이었다. 그러나 서울 한복판의 아파트에서 끓이기엔 난감한 음식이기도 했다. 어디서 비리고 썩는 내가 난다고 아래층에서 남자가 올라왔을 때, 할머니는 안방에 들어가 문을 걸어 잠그고 앉아 있었다. 아저씨 죄송해요. 어머님이 올라오셨는데 워낙 좋아하시는 음식이어가지고. 예, 바다분이신데…… 냄새가 좀 많이 심했나요. 이를 어쩌나. 불편하게 해드려서 죄송해요, 아저씨…… 예, 들어가시고요……. 남자가 사과 몇 알이 들어 있는 비닐봉지를 받아 들고 내려가자, 그제야 할머니는 방문을 열고 나오더니 누구에게랄 것도 없이 물었

다. 아가, 늙은 내가 빨리 죽어야지? 그래야 좋겠지? 니들
이 원하는 게 그거지? 그래도 젓국은 식탁에 계속 올랐고
할머니는 누구보다 열심히 기름이 뜬 국물을 떠먹었다. 그
렇게 보양식을 매일같이 먹으니 할머니는 나보다도 오래 살
거라고 유주는 생각했다. 집 밖에 나갈 때마다 머리를 다시
감았다. 머리카락에서 자꾸 젓국 냄새가 났다.

큰집에선 할머니를 떠넘기듯 유주네 집에 맡기곤 할머니
에게도, 유주의 아빠나 엄마에게도 안부 전화조차 제대로
하지 않는 모양이었다. 언젠가 유주는 다 마른 빨래를 걷으
려 베란다에 나가려다 멈칫했던 적이 있었다. 핸드폰을 귀
옆에 붙인 할머니가 베란다에 서서 쉬지 않고 혼잣말을 하
고 있었기 때문이다. 아가, 경호야. 우리 경호야. 할미가 밉
지. 할미가 잘못했지. 좀 용서해 줘. 경호가 자주 아픈 게 괭
이 새끼 때문이라고 할미는 생각했어. 그 새끼가 우리 경호
를 홀리는 게 할미는 싫었어. 할미는 경호를 위해 한 거야.
그렇지만 아가, 어쨌든 할미가 잘못했지. 얼굴도 보기 싫
니. 아가, 아가. 할미는 죽을 것 같다, 가슴이 매일 아파. 아
가…….

왜 진영 앞에서 그 이야기를 시작한 걸까. 뭔가에 단단히

홀린 것만 같았다. 일주일 동안 상미까지 셋이서 함께 밥을 먹었는데 그날따라 상미가 도서관에 보이지 않았던 탓인지도 몰랐다. 아프고 힘든 얘길 하면 비웃을 것만 같은 상미가 옆에 없어서. 야, 나는 더 힘들거든, 별것도 아닌 걸 가지고 유세 떨지 마, 하고 툭툭 칠 것 같은 또래 아이가 없어서. 진영과 자신 둘뿐이어서.

"제겐 더 무서운 것도 있어요."

그렇게 한번 시작된 말은 엿가락이 늘어지듯 끊이지 않고 이어졌다.

"엄마가 유산을 하고 나서요. 그러고 나서 엄마랑 아빠가 아들을 갖겠다고 계속 시도를 했어요. 저한테는 동생 만든다고 했어요. 그런데 여자랑 남자랑 뭘 해야 애가 생기는지 다른 애들은…… 정말 다 알아요. 모르는 애들이 없어요. 저는 초등학교 3학년 때 빠구리란 단어가 무슨 말인지를 처음 알았어요. 친구들끼리 장난치다 어떤 애가 다른 애 위에 엎어졌는데…… 애들이 그러는 거예요. 빠구리다, 빠구리! 그러고는 막 웃어요. 그때는 친구가 있었는데요, 걔한테 물어봤어요. 빠구리가 뭔지. 걔가 말해줬어요. 뭐라고 말했는지 기억은 잘 안 나는데, 중간에 걔가 쑤신다는 표현을 썼어요. 토할 것 같다고 하니까 너네 엄마랑 아빠도 빠구리 해서 너 낳은 거라고, 걔가 그랬어요. 그것도 처음 안 거예요. 그래야 임신한다는 걸. 그러니까 갑자기 동생 만들고 있다고 했던 엄마 아빠 생각이 나는 거예요. 되게 믿을 수가 없었어요. 아빠는 자주 소리를 지르고 가끔은 물건을 던져요. 엄마는 바닥에 주저앉아서 아무것도 못 하고 울어요. 그리고 나를 괴롭혀요. 불쌍한 척하지 말라고, 연기하지 말라고, 제일 불쌍한 사람은 엄마인데 왜 네가 시위냐고 엄마는 저를 괴롭혀요. 그런데 그 두 사람이…… 한다고요? 그게 너무…… 정말 너무 무서웠어요. 저 사람들은 뭘까. 저는 매일같이 내일 일어나지 않게 해달라고 기도했어요. 아침마다 그 기도가 이루어지지 않고 멀쩡히 깨서, 어제보다 더 죽고 싶었어요. 그런데 제가 보이지 않는 곳에서 저한테 들리지 않는 소리로 한다고요? 그러면서 어떻게 저를 그렇게 괴롭히고 불쌍한 척을 하는 거예요?"

어쩌면 주변이 너무 시끄러워서인지도 몰랐다. 직장인들이 바글바글한 백반집이었고 주문하는 소리, 주문받는 소리, 수저를 놀리고 직장에 대한 대화와 그렇지 않은 대화들을 나누는 소리가 두텁게 섞여 있었기 때문에. 그것이 유주의 마음에 단단히 갑옷을 둘러준 것일지도 몰랐다. 사위가 조용한 도서관 벤치 같은 곳에서는 하지 못할 말들을 할 수 있도록.

진영이 젓가락질을 멈췄다. 평소엔 딱 한 가지 음식을 한 숟가락만큼 입에 넣고 오물조물 씹는 유주였다. 걸걸한 상미와는 달리 하고 싶은 말이 있어도 음식을 씹어 삼킬 때까진 절대 입을 열지 않았다. 그래서 대화의 흐름을 놓칠 때도 분명 있었다. 하고 싶은 말을 잘게 나누어 아주 조금의 음식과 함께 삼키는 것에 익숙한 아이. 그런데 그런 유주가 지금 반찬을 꾸역꾸역 입에 욱여넣고 있었다. 밥을 넣고, 김치를 넣고, 불고기를 넣고, 콩나물무침과 고추장아찌를 넣고, 작게 자른 부추전과 멸치조림을 넣고…… 며칠을 아무것도 못 먹어 허기진 나그네처럼 그렇게. 마치 아까 자신도 모르게 비밀을 쏟아낸 입을 다시 음식으로 채워 아무 일도 없었던 듯 만들려는 것처럼.

"천천히 먹어. 체하겠다."

잠시 바라보기만 하던 진영이 유주의 빈 컵에 물을 따라주며 말했는데 그게 방아쇠였다. 볼이 미어터져라 씹으면서, 가슴팍을 작은 주먹으로 치면서, 유주는 울기 시작했다. 소리를 내지 않고 어깨만 들썩였다. 셔츠를 입고 각자 이름이 새겨진 목걸이를 한 직장인들은 서로를 바라보며 뭔가 중요한 것들을 떠드느라, 아무도 옆 테이블의 여자아이가 짓는 표정 같은 별 중요하지 않은 것을 눈치채지 못했다. 그저 진영만이 냅킨 통의 뚜껑을 열고 냅킨을 한 움큼 집어 유주에게 건넸을 뿐이었다. 손가락 한 마디 두께만큼의 냅킨을 유주가 두 눈에 갖다 대었다. 얼굴이 작아서 냅킨 두 장의 넓이만으로도 거의 다 가려졌다.

유주의 이야기에 진영은 아무런 말도 덧붙이지 않기로 했다. 자신이 해줄 수 있는 것이 없었다. 완벽히 알지 못하는 상황에 대해 이러쿵저러쿵 자신의 생각을 맘대로 말하고 그것이 가장 좋은 해결책인 양 아이를 혼란에 빠뜨릴 생각 또한 없었다. 그냥, 백반집에서 나오는 길에 딱 한 마디만 물었다.

"유주야, 후식은 뭐 먹을래?"

그러고는 유주의 머리에 손을 얹었다.

"안 먹어도 괜찮아요."

대답은 작은 목소리로 날아왔다.

"왜 안 먹어. 빙수 먹을까. 우리 아직 후식으로 빙수는 한 번도 안 먹었잖아."

울었을 땐 무조건 몹시 차가운 것을 먹어서 스스로에게 놀라 벌겋게 열로 달아오른 가슴을 가라앉혀야 한다고 진영은 속으로 생각했다. 그것은 진영이 울 때마다 스스로에게 처방하는 치료법이기도 했다.

그날 둘은 4시가 넘어서야 도서관으로 돌아갔다. 유주가 더 많은 이야길 하고 싶어 했기 때문이었다. 유주가 울지 않도록 진영은 빙수를 하나 더 시켜야 했다.

"결국 1인 1빙 했네, 그치."

카페를 나오며 진영이 말했을 때 유주는 손을 내밀어 진영의 팔꿈치 아래쪽을 슬그머니 잡았다.

"이러고 가도 돼요?"

유주의 물음에 진영이 고개를 끄덕였다. 작고 연약한 유주의 마음이 낼 수 있는 가장 큰 용기가, 유주의 손바닥에 땀처럼 맺혔다.

다음 날 상미는 다시 도서관에 나왔다. 하루 종일 누워 있었어요. 배탈이 나가지고. 상미는 지레 툴툴거렸는데, 모두가 눈치챌 수 있을 만큼 눈이 퉁퉁 부어 있었지만 결국 모두 어쩔 줄을 몰라 못 본 척하는 수밖에 없었다. 상미는 자기 마음조차 헤아릴 수 없어서, 헷갈려서, 화장실에 가서 거울을 보며 자신을 향해 소리 없이 말했다. 너, 뭘 원하는 거야. 만약 아줌마나 유주가 너한테, 어제 무슨 일이 있었어? 왜 이렇게 눈이 부었어? 혹시 많이 울었어? 그럴 만한 일이 있었어? 라고 묻는다면 너는 견디지 못할 거잖아. 울었다는 게 쪽팔리고, 그런 상황에 놓여 있다는 게 부끄럽고. 혹 말하고 싶다 해도 눈물부터 터져 나올 걸 네가 알잖아. 그래서 결국엔 아무 말도 하지 못할 거잖아. 그런데 왜 이렇게 서운한 마음이 드는 거야? 왜 내 얼굴을 보지 않은 것처럼 평소같이 웃는 저 두 사람에게 섭섭해하는 거야?

네가 이상한 거야, 네가.

얼른 들어가자.

점심을 먹으러 나갈 때 유주가 진영의 팔뚝을 조심스레 잡는 것이 상미의 눈에 들어왔다. 이틀 전까지는 저러지 않았는데. 왜 그런 생각이 상미의 쇄골 아래 언저리에 아프게 박혔을까.

전날 아침만 해도 공기는 평소와 같았다. 작은 상을 펴놓고 누렇게 변한 반찬 통을 열어 역시나 누렇게 변한 흰쌀밥과 함께 식사를 했다. 영 식욕이 돌지 않아 수저를 굼뜨게 놀렸다. 밥이 너무 오래되어 쉰내가 나는 것만 같았는데 나머지 둘은 잘만 수저를 놀리고 있었다. 참으려 했는데 자꾸 속에서 신물이 올라왔다.

"엄마."

"왜."

"밥이 쉰 것 같다는 생각이 들지 않아?"

"아직 괜찮아."

"아냐, 좀 이상해."

"괜찮다니까. 엄마랑 아빠도 다 먹고 있잖아."

"이거 먹고 배탈 나면 어떡해?"

"괜찮다고 몇 번을 말해. 얘가 오늘따라 왜 이래. 좀 얌전
히 먹으면 안 되니?"

왜 그렇게 화가 치밀었던 걸까. 엄마가 뭐라 할 때 엄마
입에서 밥알이 튀어 반찬 그릇에 들어가는 걸 봐서, 그래서
그랬을까. 아빠가 쩝쩝대며 먹고 국물을 마시는 소리가 너
무 커서, 그게 버튼을 누른 걸까. 엄마 말대로 그냥 꾹꾹 참
고 입에 퍼 넣을 걸 그랬다. 탈이 났어도 배를 움켜쥐고 몇
번 설사를 좀 하다 말았을 것인데. 배만 아프지 하루 동안
의 마음이 온통 무너질 일은 없었을 텐데. 눈이 벌겋게 부어
서 무슨 수를 써도 가라앉지 않을 만큼 티가 나진 않았을
텐데. 그러나 시간을 돌려도 똑같이 수저를 집어 던질 것이
라는 사실 역시 상미는 알고 있었다.

"아니, 맛이 좆나 이상하다고!"

부모의 수저질이 동시에 우뚝 멈추었다. 그 후 자신이 뭐

라고 소리를 질렀는지 상미는 잘 기억이 나지 않았다. 마치 어린이용 티브이 프로그램 같았다. 구연동화나 역할극을 할 때 쓰는 손 인형이 된 것처럼. 누군가 상미의 몸속에 똬리를 틀고, 상미의 입을 조종하는 손을 쫙쫙 벌리며 활개를 치는 느낌이었다. 상미가 하고 싶던 말을 대본에 써놓고, 상미의 목소리를 흉내 내며 연극을 하는, 그런 사람에게 붙들린 것만 같은 기분. 무슨 이야길 얼마나 했을까. 그렇게 정신없이 소리를 지르다가 두툼한 손이 날아와 얼굴의 어딘가를 치는 것을 느꼈다. 볼이 얼얼했다. 상미의 목소리로 연극을 하던 그 사람이 책임감 없이 낄낄대며 상미의 몸에서 빠져나가는 게 느껴졌다. 원래의 껍데기만 남았다.

씩씩대며 아버지를 똑바로 쳐다보자 다시 한번 손이 날아왔다. 밥상은 이미 엎어진 채였는데 누가 엎었는지는 기억이 나지 않았다.

"도서관이 무슨 소리야?"

아버지의 말에 정신이 번쩍 들었다.

"너 이 새끼야, 그게 무슨 말이야, 똑바로 대답해. 아줌마가 불쌍하다고 밥을 사줘? 뭐가 어쨌다고?"

대답하지 않을 거야. 말하지 않을 거야. 아무 소리도 내지 않을 거야. 말하면 더 이상 아무 데도 갈 수 없을 테니까. 집에 가둬놓을 거니까. 말하지 않을 거야.

손바닥이 머리를 계속 치고 지나가는 동안 상미는 입을 꾹 다물고 입술을 안쪽으로 말아 넣었다. 뜨겁고 짠 것들이 울컥울컥 목구멍을 타고 입으로, 또 눈으로 올라오려 했는데 전력을 다해 꾹꾹 눌러버렸다.

아프다고도 하지 않을 거야. 잘못했다고 하지도 않을 거야. 소리 내지 않을 거야.

"당신, 얘가 무슨 얘기 하는지 알아? 모르는 아줌마가 점심을 사준다는 게 무슨 얘기냐고? 당신 알아? 알고 있었어? 애가 동네에서 거지처럼 구걸하고 돌아다니는 걸?"

"내가 어떻게 알아. 애가 얘길 한 적이 없는데."

"엄마가 돼서 그거 하나 제대로 몰라? 애 제대로 못 챙겨?"

"아니, 왜 나를 가지고 그래. 집에 붙어 있는 건 당신이면서. 하루 종일 집에 누워 있으면서 애가 무슨 짓을 하고 싸돌아다니는지도 안 보는 인간이야, 당신?"

"씨발, 지금 나한테 돈 안 벌어온다고 탓하는 거야, 지금?"

"야, 왜 하지도 않은 말을 지어내고 지랄인데?"

상미는 안방으로 들어갔다. 이미 발톱을 드러내고 서로를 할퀴고 있는 두 사람에게 상미는 없는 존재나 마찬가지였다. 이럴 때 문을 걸어 잠글 수 있는 나만의 방이 있다면 어떤 기분일까. 밖에서 문을 안 열면 죽여버린다고, 부수겠다고 아무리 협박해도 절대 열지 않으리라. 안에서 죽는 한이 있더라도. 그러나 집에는 안방과 거실 겸 부엌, 그리고 세탁기가 웅크리고 있는 다용도실뿐이었다.

벽지의 무늬를 손으로 찬찬히 훑었다. 그다음에는 나무로 된 장롱의 올록볼록한 장식을 쓰다듬었다. 밖에서 뭔가 깨지고, 터지고, 부서지는 소리가 들렸다. 저건 아마 그릇일 테고…… 다행히 깨지지 않은 것 같아, 기껏해야 이가 좀 나갔겠지…… 그리고 저 소리는…… 사기도 유리도 아닌데, 무엇일까……. 상미는 그 소리를 들으며 어깨를 가끔씩 움찔거렸다.

어느 대학에서 이상을 공유하며 '모두가 잘 사는' 새 세상을 꿈꾸던 무리가 있었다. 뭐, 어쩌다 보니 거기서 부부의 연을 맺은 쌍도 있었고 그게 저들이었다. 그러나 나이가 든다는 것은 동시에, 지난날의 꿈들을 조용히 구겨 서랍 안쪽에 처박아버리곤 기름진 생활을 번쩍거리게 닦아 자기 발밑에 깔아놓기를 점점 즐기게 된다는 뜻이기도 했다. 모두가 그렇게 모두가 잘 사는 세상을 마음에 묻고 내가 잘 사는 세상에 적응해나갈 때, 누구보다 그렇게 살고 싶었지만 적응에 실패한 부부가 위안을 얻을 방법이라고는 딱 하나밖에 없었다. 스스로를 영화의 정의로운 주인공으로 만드는 것. 도래하지 않은 새 세상을 그리며 사는 사람으로 만드는 것. 더러운 세상에 홀로 맞서 싸우고, 핍박받는 상황들을 모면하지도 못해 괴로워하며, 위기 다음 또 위기, 절망 다음 또 절망이 찾아오는 그런 영화의 주인공으로 살아가는 것. 그것만이 스스로를 미워하지 않고 버티는 방법이었다.

상미는 자주 속으로 비웃었다. 돈을 경멸한다고? 청빈하게 살고 싶다고? 주식으로 몇천만 원 날린 게 누구시더라. 그래서 집안을 초상집으로 만들었던 게 누구시더라?

저들은 그런 사람들이지, 상미는 생각했다. 지금도 그릇을 깨고 손에 잡히는 대로 물건들을 집어던지면서 내 삶은 참 영화 같아, 라고 일종의 쾌감을 느끼고 있을 거야. 평범하고 세속적으로 살 수 없기에 고되지만 고귀한 나라고.

기껏 눌러놓았던 눈물이 괜히 안방에서 흘렀다. 나는 그런 삶을 선택한 적이 없는데. 그렇게 살고 싶지 않은데. 나는 내 나이의 아이들이 가지는 걸 함께 누리고 싶은데. 핸드폰도 갖고 싶고 애들이랑 같이 코인 노래방에도, 롯데월드에도 가고 싶은데. 나는 영화의 주인공이고 싶지도, 박해받는 순교자이고 싶지도 않은데. 나는 아무런 선택을 하지 않았는데. 나에게는 아무런 잘못도 없는데.

바깥이 잠잠해지고 나서도 한참이 지난 뒤에야 상미는 안방을 나섰다. 엄마는 부리나케 출근을 했을 터였다. 아빠는 어딜 갔는지 보이지 않았다. 거실은 난장판이었다. 빗자루를 들었다. 깨진 것들을 쓸어 담을 수는 있겠지만 흐르는 눈물은 훔칠 수도 지울 수도 없었다. 오늘은 너무 울었어. 아무 데도 나갈 수가 없어. 빗자루로 바닥을 쓸다 말고 상미는 냉동실의 문을 열어 얼음을 꺼냈다. 한 개, 두 개, 세 개. 연달아 입에 집어넣고 나니 입이 가득 차 숨을 쉬기조차 힘들었다. 혀가 얼얼했다. 냉동실 깊숙이 손을 집어넣어 숟가락을 꺼냈다. 울어서 눈이 부을 때마다 붓기를 빼기 위해 냉동실에 몇 시간을 두어 차갑게 만든 쇠숟가락 두 개를 눈두덩에 올려놓고 꾹꾹 누르곤 했다. 지금껏 얼마나 자주 해온 일인지 몰랐다. 눈물을 흘리면 삽시간에 몸이 뜨거워졌고 이런 방법으로 식히는 수밖에 없었다.

엄마도 아빠도 잘 몰랐지만 냉동실에는 한 번도 얼음이 떨어지지 않았고 구석에는 언제나 상미가 넣어둔 쇠숟가락이 있었다.

장롱의 문양을 몇 번씩 반복해 훑으며 이런 상황을 털어놓을 수 있는 사람이 누가 있을까를 아무리 떠올려도 진영뿐이었다. 진영에게 말한다면 뭐라고 대답해 줄까. 그걸 상상하며 하루 온종일을 보냈다. 꿈에서도 진영이 나왔다. 아침에 일어나서는 아무 일도 없었다는 듯 앉아 있는 엄마 아빠 사이에서 역시 아무 일도 없었다는 듯 역시나 쉰 냄새가 나는 밥을 먹었다. 엄마가 출근하길 기다리고, 아빠가 다시 안방으로 들어가 이불을 펴고 누워 잠이 들길 기다렸다. 쌓여 있던 화를 어린 딸에게 내고는 자기 일상으로 아무렇지 않게 돌아가는 어른들. 상미는 매일 그랬던 것처럼 빈 가방을 메고 조용히 집을 나왔다. 진영에게 하고 싶었던 말들이 몸을 가득 채워 파도를 일으키고 있었다. 그러나 유주가 있을 땐 하지 못할 말들이었다.

"오늘은 뭘 먹을래?"

진영의 물음에 유주가 칼국수? 하고 외쳤다. 상미의 눈썹이 살짝 위로 올라갔다가 다시 내려왔다.

"상미도 칼국수 괜찮니?"

"아, 네. 뭐."

"별로야? 별로면 다른 것 먹어도 되고."

"아뇨, 뭐. 이미 쟤가 메뉴 다 얘기해 놨는데 제가 싫다

하면 저는 뭐가 돼요."

"네가 먹고 싶은 것도 이야기해서 결정해 보면 되지."

"얻어먹는 주제에 그런 걸 어떻게 일일이 가려요."

유주의 표정이 굳어지는 것을 고개를 돌려 보지 않아도 피부에 닿는 공기의 감각으로 알 수 있었다.

"상미야, 무슨 일 있니?"

"아뇨. 왜요?"

"아니, 어딘가 화가 난 사람처럼 보여."

"화 안 났어요."

"그런데 왜……."

"아, 진짜. 그냥 빨리 가서 먹으면 안 돼요?"

진영이 유주의 어깨를 짚더니 유주 쪽으로 몸을 기울였다.

"유주야, 잠깐 들어가 있을래. 아줌마가 상미랑 이야기 잠깐만 할게. 일단 다시 들어가서 책 좀 읽고 있어. 이야기 다 끝나면 내가 올라가서 부를게. 알겠지."

유주가 유리로 된 이중 출입문을 열고 들어가 사라지는 걸 지켜보던 진영이 상미 쪽으로 몸을 돌렸을 때 상미는 보도블록을 발로 차며 고개를 푹 숙이고 있었다. 볼에 눈물이 흘러 허연 자국을 내며 마르는 것이 싫어, 눈에서 바로 바닥으로 혹 떨어지도록 만들기 위해서. 언젠가, 친구가 발표한 시를 큰 소리로 비웃었던 국어 시간과 같은 기분이었다. 끔찍한 시였다. 어디서 감상적인 말만 잔뜩 오려다 붙인 엉망진창의 졸작이라 자기도 모르게 웃음이 터져 나왔는데 국어 선생이 갑자기 화를 벌컥 냈다. 너는 친구가 쓴 게 웃기니? 친구의 감정이 그렇게 우스워? 네가 그렇게 잘났어? 어? 그러더니 복도로 상미를 내보냈다. 수업 끝날 때까지 서 있어. 서서 뭘 잘못했는지 생각해. 상미는 복도에 서서 창문 틈새로 흘러나오는 선생의 목소리와 간간이 흩뿌려지는 아이들의 높은 웃음소리를 들었다. 상미가 밖에 있다는 사실에는 어느 누구도 관심이 없는 것처럼. 상미가 없어서 수업이, 학급이 완벽해질 수 있다는 것처럼. 상미는 멍청한 자신이 걷잡을 수 없이 미웠다. 왜 그런 소릴 냈을까. 왜 참지 못했을까. 종이 울리고 선생이 나왔을 때 쪽팔리게 눈물이 펑펑 쏟아졌다. 그만 울어. 잘못했지? 친구에게 미안하지? 선생은 눈물을 일종의 뉘우침으로 여겼는지 급작스레 인자해지며 상미의 머리를 쓰다듬었다. 그때 상미는 가장 비참했다. 잘못했다고 생각지도 않았고 미안하지도 않았다. 시는 쓰레기였고 그걸 쓴 애는 더 쓰레기였다. 학기 내내 자신을 대놓고 없는 사람 취급하곤 했으니까. 다만 자기 자신이 혐오스러워서 운 것이었다. 자꾸만 마음과는 다르게 단단해지지 못하고 모든 걸 망쳐버리는 상황들이 죽을 만큼 싫어서.

진영은 왜 우냐고 묻지 않았다. 상미의 손을 더듬어 잡고 우두커니 서 있을 뿐이었다. 야단났네, 얘를 어쩌면 좋지, 하는 표정이라고 상미는 그 와중에도 생각했다.

"그냥 가셔도 돼요."

"왜."

"제가 다 망쳤잖아요. 화내고 가셔도 돼요."

"화 안 나."

"거짓말. 어떻게 화가 안 나요."

"그래. 솔직히 좀 화가 나려고 했어."

"거봐요."

"근데 생각해 봐. 나는 나이를 많이 먹었잖아."

"네."

"이렇게 나이를 많이 먹은 내가 중학생한테 화내면 나는 뭐가 돼. 나이 헛먹은 사람이 되는 거지. 그러긴 싫어."

"아, 씨……."

"그러니까, 내가 화내지 않는 건 순전히 내가 완전 착한 사람인 척하고 싶어서야."

"왜 그러고 살아요. 왜 착한 척하고 살아요."

"다음 생에 잘 태어나고 싶어서?"

"그게 뭐야."

"난 진지하거든? 이번 생이 너무 끔찍해서 착한 척 연극을 해서라도 덕을 쌓아 다음 생에 잘 태어나고 싶으니까."

상미가 진영의 눈을 바라보았다. 자신과 똑같이 쌍꺼풀이 없는 눈을. 무릎의 위치도, 엉덩이나 팔꿈치의 위치도, 머리 크기도 그리고 한쪽에만 보조개가 있는 것도 똑같은 어떤 어른의 눈을. 그리고 지금이 장롱의 문양을 손으로 더듬거리며 기다렸던 바로 그때라는 사실을 깨달았다.

"제가 왜 오늘 좆같이 굴었냐 하면요."

"응."

"어제 집에서 안 좋은 일이 있었어요. 나한텐 잘못이 없는 것 같은데 모두가 내 탓을 하는 일이었어요. 그래서 못 왔어요. 집에서 혼자 울다가 아줌마한테 다 이야기하겠다고 생각했어요. 지금까지 저한텐 그런 일을 말할 수 있는 사람이 없었는데, 왜냐면 친구도 없고 담임은 저를 싫어하고 뭐 그러니까. 근데 묻지도 따지지도 않고 밥을 사주는 이상한 아줌마가 생겼으니 혹시 몰라, 한번 얘기해 보자. 후련해지고 좋아질 수도 있잖아요. 또 어른이니까 뭔가 신박한 방법을 생각해 낼 수도 있을 테고. 어, 하지만 유주가 있는 데서 말하고 싶진 않았고요. 쪽팔리니까. 근데 아줌마랑 둘이 있을 수가 없었어요. 나는 분명 그 얘길 하려면 시간이 엄청 오래 걸리고 또 펑펑 울 텐데, 걔가 있을 땐 쪽팔려서 울 수가 없고. 그러니까 얘기도 못 하고. 근데 쟤는 어제 아줌마랑 둘이 있었고. 그게 부러운데 나한텐 그런 시간이 안 오고. 그런 와중에 이제 낯가리던 게 없어졌는지 어쨌는지 쟤는 계속 나대는 것만 같고. 아줌마는 다 받아주는 것 같고. 그게 미워서 미치겠는 거예요. 그리고 그러는 내가 또 좆나 싫어서요. 아, 그래서 그런 거예요. 그래서 화가 났어요."

서가에 나타난 진영을 보고 유주가 웃으며 보고 있던 책을 덮으려 할 때, 진영은 가만히 다가와 비닐봉지 하나를 쥐여주고는 자기 핸드폰의 화면을 보여주었다. 뭐라 글이 적힌 화면을.

봉지 안에 든 것은 얼굴 크기만 한 빵과 캐릭터가 그려진 초코우유. 진영이 황급히 나가고 나자 유주는 책을 덮었다. 글자가 눈에 들어오지 않았다. 왜 갑자기 이런 기분이 들까? 아주 익숙하고, 또 아주 비참한 기분이. 책이 꽂혀 있던 자리를 찾기가 싫어서 아무 데나 던져두었다. 엉덩이를 털고 일어나서 복도를 걸었다. 뒤꿈치가 아팠다. 봉지에서 계속 부스럭대는 소리가 나고 사람들이 쳐다보는 것 같아 싫었는데, 더 빨리 걸으니 더 소리가 커지고 뒤꿈치도 두 배는 욱신거렸다. 밖에 나왔다. 갈 곳이 없었지만 도서관에 계속 있고 싶지는 않았다. 도서관 옆에 공원이 있어서, 일단 그곳을 걸어보자 생각했다. 매미 소리가 시끄러웠다. 공원을 향해 걷고 있는데 익숙한 두 뒷모습이 눈에 들어왔다. 손을 붙잡고 공원을 천천히 돌고 있는 키가 같은 두 사람. 저렇게 닮은 줄은 몰랐다. 오른쪽 어깨가 왼쪽 어깨보다 약간 올라간 것도, 걸을 때 손을 크게 흔드는 것도. 공원에서도 있을 수 없겠구나. 유주는 돌아서서 거리를 걷다가 쓰레기통이 나오자 거기에 봉지를 그대로 넣어버렸다. 마치 매우 중요하고 보호받아야 할 누군가가 따로 있고, 자신은 지금까지 들러리로 둘 사이에 끼어 있던 것만 같았다.

다음 날 유주는 같은 시각에 다시 도서관에 도착했다. 상미가 손을 흔들었고 진영이 웃어주었다. 유주도 손을 흔들었다. 아무도 유주가 어제 어떤 기분으로 어떻게 걸었는지 알지 못했다. 그리고 유주는 이런 것에 익숙했다.

5

　진영은 혼자 페트병에 담긴 소주를 조금씩 따라 마셨다. 640미리짜리를 하루에 비우니 보통의 유리병으로는 대강 두 병가량을 나눠 마시는 셈이었다. 아침에 방에 들어서자마자 마시고, 도서관에 가기 전에 마시고, 다녀와서 혼자 좁은 고시원 방에 앉아 계속 마셨다. 안주는 주로 지구가 멸망할 때까지 상하지 않을 것 같은 젓갈류나 멸치볶음이었고, 가끔 기분이 정말 좋은 날엔 참치김밥 같은 것들을 곁들이곤 했다. 그걸로 충분했다.

　도서관에서 걸어서 15분 정도면 도착하는 반도 고시원은 이상한 동네에 있었다. 아니, 도서관과 반도 고시원을 포

함해 이 구역 전체가 조금 희한하다 말할 수 있을 터였다. 사람들이 돗자리를 들고 도시락을 싸서 소풍을 가는 공원이 있었고, 공원으로 향하는 젊은이들 사이로 유모차나 낡은 자전거에 폐지를 가득 담아 끌고 다니는 노인들이 천천히 걸음을 옮겼다. 해외 브랜드의 로고를 단 차들이 주차장에 자리를 잡고 있는 한복판엔 어느 느와르 영화에서 보일 법한 50년쯤 된 아파트가 한 동 있었다. 그 앞에 있는 작은 건물이 반도 고시원이었는데, 인근에 대학이든 뭐든 아무런 교육기관이 없는 곳에 뜨악하게 혼자 고시원 간판을 달고 있었다. 역시나 고시원이라기보다는 장기로 투숙하는 사람들이 대부분인, 여인숙과 비슷한 개념이었다. 입구에 붙어 있는 작은 표지 하나로 여인숙으로서의 정체성을 명확히 하는. 표지에는 '성인 방송 완비'라고 쓰여 있었다. 성인 방송이 완비된 고시원이 세상에 존재할 수 있나? 진영은 그 글씨를 보며 죽은 듯 조용히 지낼 필요는 없을 테니 차라리 다행이라고 여겼다.

남녀 층이 분리된 것도 아닌데, 여자가 살기엔 좀⋯⋯. 방을 달라는 진영에게 주인 남자는 떨떠름한 표정으로 말했었다. 괜찮아요, 제일 싼 방으로 하나 주세요. 진영은 고시원 방에서 잠을 잘 생각은 없었지만 거기까지 주인 남자에게 이야기할 필요가 있겠나 싶어 그냥 그렇게만 대꾸해 버렸다. 아침 8시에 들어가서 저녁 8시에 나올 거예요, 라고 말해봤자 별로 좋을 일이 없기도 했다. 오히려 괜한 참견과 의심의 대상이 될진 몰라도. 제일 싼 방에는 창문도, 성인 방송이 완비된 티브이도 없었고 화장실은 공용을 사용해야 했지만 아주 좁은 샤워실 하나가 방에 딸려 있어 다행이었다. 여기서 몸을 씻을 일은 거의 없겠지만 알몸의 남자들과 불쑥 마주하고 싶진 않았다. 수도꼭지 밑에 덩그러니 놓인 대야를 보며 몇 명의 사람들이 그 대야를 가지고 몸을 씻었을까 생각했다.

반도 고시원의 그 방은 진영에게 쉬는 방이었다. 아니, 쉰 다기보다 죽지 않고 아등바등 살기 위해 필요한 방.

남편이 그렇게 일찍 죽어버릴 줄은 몰랐다. 떠나기 위해 했던 결혼이었는데 그렇게 일찍 혼자가 되어 집이라는 이름의 지옥에 돌아가게 될 줄도 몰랐다. 가시나무가 가득한 산을 벗어날 수 있는 유일한 길인 줄로만 알았는데 열심히 걷다 보니 제자리로 돌아오게 된. 온통 닫힌 곡선만 그리는 삶이었다. 돌이켜 보면 태어나면서부터 쭉 그랬다.

장례식장에서 정신을 차리지 못하고 내내 나동그라지는

진영을 보며 조금이라도 마음의 어느 구석이 말랑한 사람들은 어쩔 수 없이 눈물을 흘렸다. 그러나 머릿고기를 뜯고 국물을 떠먹으면서는 이렇게 말하기 일쑤였다. 그래도 젊잖아. 젊으니까 힘을 내야지. 젊으니까 다시 시작할 수 있을 거야. 시어머니도 진영을 앉혀놓고 그렇게 말했다. 나는 네가 다 털고 일어났으면 좋겠어. 내 아들도 그걸 원하겠지. 너를 내가 묶어놓고 있는 것은 원하지 않을 거야. 너랑 나는 이제 남남이다. 다 잊어. 연락 안 해도 돼. 모르는 사람이야, 나는. 돌아가. 돌아가서 아무 일도 없었다는 듯 살아. 널 낳아준 부모님에게로 가서 편하게 지내. 사람도 만나고 사랑도 해. 진영은 어머니랑 같이 살면 안 되나요, 라고 대답했다. 어머니랑 둘이 살게요. 그녀는 고개를 저었다. 요즘 세상이 어떤 세상인데. 그러면 사람들이 내 흉을 본다. 젊은 애 앞길 막는다고. 나를 위해서야. 나를 위해서 그렇게 해라.

남편이 종종 뭐라 말했던가. 우리 엄마는 평생을 남의 눈치 보면서 산 사람이야, 남이 욕하지 않는 게 무조건 최고지. 나한테 평생 동안 가르친 것도 그거였는걸. 내 욕심 차리지 말고 남들 하는 대로만 따라 하라고. 그래서 남 욕도 절대 안 했지. 내가 욕하면 언젠가는 돌아온다고. 양심에 찔려서가 아니라 부메랑처럼 돌아올 업보가 무서워서 평생을 입 닫고 무채색처럼 산 사람이야, 우리 엄마는. 그래서 참 답답하지, 답답해 미쳐.

그렇게 배웠던 남편이 남의 눈치도 보지 않고 물에 뛰어들었을 때, 시어머니는 소리 한 번 지르지 못하고 두 눈을 가린 채 돗자리 위에 그대로 앉아 있었다. 벌떡 일어난 진영의 발목을 덥석 잡고는 아이고, 아이고…… 소리만 내던 시어머니는 남편이 뭍으로 올라오고 나서도 일어나질 못했다. 가쁜 숨을 몰아쉬며 남편이 돌아온 후에야, 왜 그랬어, 왜 그렇게 함부로 뛰어들고 그랬어, 약속해라, 다시는 그러지 않겠다고 약속해, 다른 사람들은 아무도 안 뛰어드는데 왜 혼자서, 혼자서 그런 행동을 해, 얼른 약속해라, 아이고 이놈아…… 라고 남편과 진영 외에는 누구에게도 들리지 않을 만큼 작은 목소리로 주워섬길 뿐이었다.

그리고 2주 후 남편의 심장이 갑자기 움직이기를 멈췄을 때에도 시어머니는 아무도 없는 간밤의 장례식장에서, 그러게, 남들처럼만 살라고 그렇게 말했는데 그 말을 그렇게 안 듣고…… 라고 뇌까렸다.

그 아이는 남편을 기억할까. 장례식장에서 난동을 부렸다는 남자에 대한 이야길 진영은 뒤늦게 들었다. 진영이 반쯤 정신을 놓은 채 곁방에 눕고 사람들이 팔다리를 주무르던 때 그런 일이 있었다고. 진영의 머릿속에 가장 먼저 떠오른 것은 이상하게도 분노나 슬픔 같은 감정이 아니라 남자의 옆에 서서 절을 하던 여자아이의 몸집처럼 단편적인 조각들이었다. 아주 좁은 어깨나 밋밋한 이마, 어디서 마주쳐도 전혀 모르고 지나갈 것같이 특징이라곤 없는 외모. 왜 그런 외모라고 느꼈을까? 진영은 다른 사람의 얼굴을 잘 기억하는 편이었고 가끔은 아무도 눈치채지 못하는 점들을 콕 꼬집어내 남들을 놀래기도 했는데, 그 아이에 대해서는 그렇지 않았다. 왜일까?

어쩌면 아이의 외모가 아닌 표정이나 분위기 같은 것 때문이었을지도 모른다는 생각이 든 것은 집으로 돌아갈 짐을 거의 다 꾸렸을 즈음이었다. 시간이 지날수록 더욱 떠나고 싶지 않아서, 떠난다는 사실이 아닌 다른 것만을 머릿속에 넣으려 무진 애를 쓴 결과였다. 남편이 뛰어들어 살렸던 그 아이는 어떤 집에서 어떤 부모와 어떻게 살고 있는 걸까? 살고 싶었지만 죽은 자를 기리는 장례식장에서 죽고 싶지만 사는 자의 표정을 했던 그 아이는.

진영이 아이가 사는 흔적을 찾아낼 수 있던 것은 아이 엄마의 이름이 흔치 않았기 때문이었다. 특이한 성에, 마지막 글자가 비. 저 비가 왕비 비일까? 미니홈피 서비스를 제공하

는 사이트의 검색란에 그녀의 이름을 넣어보며 진영은 생각
했다. 어른들이 전부터 그랬는데. 이름이 거창하면 삶이 기
구하다고……. 그런 쓸데없는 생각을 하다가 죄를 짓는 것
같아 스스로에게 혀를 찼다.

　그렇게 아이를 찾아냈다. 본디 활발하게 운영되었던 것
같은 여자의 미니홈피는 우연찮게도 남편의 발인일 즈음부
터 아무런 업데이트가 이루어지지 않은 상태였다. 공개된 사
진을 하나하나 골똘히 보고, 다이어리에 올린 글들이나 방
명록에 남이 남긴 흔적까지 모두 읽어보았다. 사진첩에는
'둘째♡'라는 제목의 빈 폴더가 있었다. '첫째♡' 폴더에서
진영은 아이의 얼굴을 보았다. 장례식장에서 본 아이와는
달랐다. 표정이 파랗고, 노랗고, 가끔은 짙은 초록이었다.
그땐 어른들이 슬픈 척을 하라고 귀띔해 주었던 걸까? 아니
면 겨우 다섯 살인데도 주변의 분위기를 알고 눈치를 보도
록 자란 아이였던 걸까? 미니홈피에 여자가 다시 글을 올리
기 시작한 것은 진영이 매일같이 몰래 흔적을 지우며 거기
를 드나들기 시작한 지 세 달쯤 된 후였고, 둘째를 잃었다
는 다이어리 글에 그녀의 지인들이 힘내라는, 다시 예쁜 아
가가 올 거라는 댓글을 줄줄이 달았다. 이를 어째. 글을 본
진영은 잠시 숨을 골라야 했다. 다섯 살인 아이는 엄마의 이

런 슬픔을 알기엔 아직 많이 어릴 터였다.

가끔씩 올라오는 아이의 사진들을 보며 진영은 아이의 하루하루를 상상했다. 부모의 애정이 묻어나는 듯, 진영이 기억하는 실제보다 더 생생하고 예쁜 모습으로 찍어낸 사진들을 훑었다. 그토록 도망치고 싶었던 본가에 다시 도착했을 때에도, 아무 일도 없었다는 듯 예전처럼 자신을 힘들게 하는 사람들 속에서도 혼자 상상했다. 목을 놓아 울고 싶은 때가 오면 멍하니 눈의 초점을 풀고 심호흡을 하며 그 아이를 떠올렸다. 올해 초등학교에 들어가겠지. 지금은 열 살일 거야. 곧 졸업을 할 테지. 점심으로 뭘 먹었을까?

시간이 흐르면서 아이의 엄마는 유행에 따라 SNS 서비스를 옮겨 다녔고 진영도 그 뒤를 바짝 쫓았다. 어느 거리에서건 아이를 마주치면 알아볼 수 있을 것 같았다. 한때 남편과 함께 살았다는 사실을 가족관계증명서 따위를 떼어야만 알 수 있는 현실 속에서, 증거가 되어줄 아이를 찾아내고 싶은 마음이었을까.

아이가 멀지 않은 곳에 살고 있다는 사실을 처음 알게 된 것은 중학교 입학식 사진에서였다. 흐릿하게 배경으로 찍힌 플래카드에 올라간 학교의 이름이 낯설지 않았다. 그러나 바로 집을 나서진 않았다. 학교 주변을 배회해서 어린아이들에게 손가락질받는 이상한 어른이 되고 싶진 않았다. 그렇게 1년이 더 흘렀다.

도서관에 가볼 생각은 아이의 엄마가 친구와 주고받은 댓글을 통해 처음 했다. 요새 딸내미는 어떻게 지내? 아침마다 도서관 가. 공부한대. 어머 웬일이니, 우리 애도 좀 스스로 그랬으면 좋겠네. 이 근방에 걸어서 갈 만한 도서관은 하나뿐이었고, 진영은 자기도 모르게 세수를 하고 옷을 챙겨 입었다. 딱 한 번만 보고 오자고 생각했다. 10년 동안 사진으로만 보던 이목구비를 딱 한 번만 실제로 볼 수 있다면 그걸로 됐다고 생각했다.

그런데 사람들이 나란히 앉아 공부하는 열람실을 아무리 돌아도 익숙한 얼굴이 없었다. 세 번, 네 번을 돌자 사람들의 눈총이 느껴져 조용히 나왔다. 복도에 있는 정수기에서 물을 세 모금 정도 마셨다. 도서관에 간다고 하고 놀러 다니나? 그 나이의 아이들이 할 수 있을 법한 일이었고, 차라리 그렇게 발랄한 짓도 저지를 수 있는 아이였으면 좋겠다 싶었다. 설마 책을 읽으러 간 걸까, 하고 생각한 것은 훨씬 나중 일이었고 그렇게 유주를 보게 되었다. 한 번 유주의 얼굴을 실제로 보고 나니 다음 날에도, 그다음 날에도 자꾸만 서가를 찾았고, 결국엔 말을 붙일 수밖에 없었다. 이런 일은 절대 하지 말자고 다짐했으면서도. 이상한 어른이 되진 말자고, 바라보기만 하자고 몇 번을 되뇌었으면서도.

자신이 10년 동안 쫓아다니던 유주의 삶이 모두 거짓이었다는, 아이의 하루하루가 반짝거리며 빛나지 않아왔다는 사실을 상미가 없던 그날 알게 되었을 때, 진영의 마음에서 모르는 척 솟아난 것은 이상하게도 작은 기쁨과 안도감이었다. 어떻게 내가 이런 마음을 품을 수 있는 거지? 그러는 자신에게 기가 막혀서, 그날 술을 평소보다 조금 더 마시고는 고시원의 방바닥에 누워버렸다. 집에 가야 하는데. 가야하는데. 좀 있으면 전화가 쉬지 않고 올 텐데. 몸을 일으키기가 싫었다. 그렇게 누워서 손가락을 폈다. 손바닥을 천장으로 향했다. 손이 미세하게 떨렸다. 이걸 아이들에게 감추기 위해 아침에도 술로 입을 조금 적시곤 했다. 그전에는 없던 습관이었다.

떨리는 손을 가만히 쳐다보며 스스로에게 물었다. 거짓 포장을 걷어낸 그 애의 삶을, 하루하루의 진짜 모습을 알게 되었을 때 왜 기분이 좋았어? 남편이 살린 그 애가 불행하길 바랐어? 남편이 죽었으니까 그 애도 행복하면 안 된다고 생각했어?

진영은 아이에게 원한이 없었다. 적어도 그렇게 생각했다.

남편이 필요했지만 죽을 만큼 사랑한 것은 아니었다. 어찌 보면 서로에게 결핍된 것을 잘 채워줄 수 있어서 속전속결로 진행된 결혼이었다. 남편에겐 남들처럼 결혼을 해서 더욱 평범하고 평탄한 삶을 살아가기 시작했다는 확증이 필요했고, 진영에겐 정당한 이유로 도주해 숨을 곳이 필요했으니까. 남편이 죽으면서 그 모든 것이 무너졌지만 물에 빠진 아이의 탓은 아니었다.

그런데, 왜. 진영은 두 손을 내려 얼굴을 감쌌다. 어린애가 짊어진 불행의 총량이 자신의 것과 비슷해질수록 안심하게 되고, 그 애에게 별것도 아닌 호의를 부려 억지로 중요한 사람이 되고, 그 두 가지 사실을 하나로 엮어 거기서 스스로의 가치를 증명하려 하는 자신이 혐오스러웠다. 왜 그 애를 찾아갔을까, 왜. 형광등 불빛을 보다가 견딜 수 없어 눈을 꾹 감으면 눈꺼풀 안에서 우주를 떠다니는 쓰레기처럼 작고 둥그런 무늬들이 명멸했다. 그러지 말았어야 했나. 그냥 아무 생각 없이, 아무런 변화 없이 살았어야 했나.

핸드폰의 진동음이 울렸다. 진영은 한쪽 손만 뻗어 뒤쪽에 있는 버튼을 건드려 무음으로 바꿔버렸다. 그러고는 평소보다 늦은 10시쯤 고시원을 나왔다. 될 대로 되라지. 부재중 전화 열두 통이 찍힌 화면을 보다가 핸드폰을 가방에 쑤셔 넣곤 집을 향해 걸었다. 집까지는 걸어서 10분이었다. 남훈은 가만히 소파에 앉아 저녁을 굶은 채 진영을 기다리고 있을 터였다. 보지 않아도 머릿속에 그릴 수 있었다. 남훈의 깡마른 어깨나 검고 건조한 피부, 분노로 꽉 쥔 손에 도드라질 핏줄과 성긴 머리카락 같은 것들.

불쌍히 여겨야 해. 진영의 손을 잡고 말하던 목소리. 너는 나를 불쌍히 여겨야 해. 그리고 아빠를 불쌍히 여겨야 해. 우리도 그러고 싶지 않았지만 그럴 수밖에 없었지. 지금에 와서야 너를 왜 그렇게 키웠는지 우리는 몹시 후회하지. 항상 그 생각밖에는 없어. 엄마는 네 생각밖에는 안 해. 아빠도 마찬가지일 거야. 엄마는 아빠는 우리 하나밖에 없는 딸이 행복하기만을 빌고 또 빈다. 그러니 너도 사람이라면 용서를 해야 하지 않겠니. 고집은 그만 부리고, 응.

가해자가 피해자에게 고집을 그만 부리라고 말하는 것이 또 다른 가해라는 점에 대해서는 그 누구도 부정하지 않을 터이다. 그런데 이상하게도 부모와 자식 간의 일이라면 사람들의 입장은 손바닥 뒤집듯 쉽게 바뀌었다.

너도 네 새끼를 낳으면 알게 되겠지, 응. 엄마 아빠 마음을 알게 되겠지.

진영이 아주 오랫동안 경구피임약을 복용해 왔다는 사실은 남편조차도 알지 못했다. 얼른 아기가 생겼으면 좋겠다고, 자기는 정말 잘 키울 자신이 있다고 남편이 이야기할 때마다 진영은 밝게 웃으며 맞장구를 쳤다. 생애 가장 훌륭한 연기였다. 진영은 자신도 똑같아질까 봐, 어린 시절의 일들을 이유로 들어 비뚤어진 성격과 양육 방식을 정당화하는 생물학적 부모가 될까 봐 최선을 다해 아이를 갖지 않기 위해 노력했었다.

그리고 자신의 결혼식 날에 퍽 무거워 보이는 눈물 덩어리들을 뚝뚝 흘리던 남훈의 얼굴……. 그때 진영은 기가 막힌다는 표정으로 남훈을 바라보았다. 아이고, 애지중지 키운 딸 보내느라 아빠가 설웁네, 설워. 친척들이 그렇게 농을 할 때 진영은 어떤 표정을 지었던가?

그리고 상미, 그 애.

처음에는 스스로에게 핀잔을 줬다. 좋은 어른인 척하는 역할극에 그렇게 심취했던 거니? 책임지지도 못하고 관련도 없는 인물 하나를 더 끼워 넣을 만큼? 네가 무슨 무료 급식소니? 자원봉사자야? 진영은 마구 자신을 다그쳤다. 그냥 유주 그 아이가 어떻게 사는지 한번 알아보고 목소리를 들어보고 싶어서, 그래서 시작한 일이었는데 왜 하필 걔는 옆에 있어서.

그러나 시간이 지날수록 이야기가 조금씩 달라졌다.

진영은 오래전부터 그런 상상을 해왔다. 만약 내가 어린 나를 키운다면 정말 잘 키울 수 있을 거야. 사랑할 거야. 울지 않게, 살고 싶지 않다는 생각을 하지 않게. 그리고 자신을 키우는 나를 미워하지 않고 아플 때마다, 서러울 때마다, 힘들 때마다 생각하며 제일 먼저 위안받을 수 있게. 그렇게 만들 수 있을 거야. 그것은 아이를 갖지 않는 것과는 전혀 다른 문제였다. 너도 네 애를 낳아보면 우리를 이해할 수 있게 될 거라는 말은 저주였다. 마치 자신도 형편없는 어머니가 될 수밖에 없다고 이야기하는 듯 들리는 저주. 어쩌면 당연했다. 진영이 낳은 아이는 진영과 닮은 부분을 아주 조금만 가지고 있을 것이며, 즉 대부분이 진영의 상상이나 희망과는 전혀 독립적으로 형성되어 있을 것이며, 자신과 닮은 아주 작은 부분 또한 시간이 지나면서 변하고 숨겨질 터였다. 많은 부모들은 그걸 견디지 못하고, 진영 역시 스스로에게 자신이 없었다.

그러나 진영의 혈관을 도는 피와는 아무런 관계도 없이 태어났을 상미가 그 시절의 진영과 똑같이 말하며 행동하고 있었다. 그래서 아이가 아무리 뻗대도 진영은 싫지 않았다.

나도 저랬었잖아? 가시 돋친 말투, 유행과는 전혀 상관없이 지급받은 옷, 바닥으로 떨어진 자존감을 비웃으며 혼자 자라는 자존심. 하나도 낯설지 않았다. 그것이 열다섯의 자신이었다. 그렇다면 상미, 그 아이가 마음 어디쯤 난 생채기에 약도 바르지 못하며 괴로워하고 있을 것도 알았다. 열다섯의 자신과 똑같은 곳일 테니까. 둘이서 함께 키를 쟀을 때, 정수리도 팔꿈치도 엉덩이도 무릎도 똑같은 위치에 있다는 걸 알았을 때, 진영은 등을 돌려 상미와 서로 마주 보고 싶은 마음을 억지로 눌러야 했다. 그렇게 서로 마주 보고 가슴을 맞댄다면 같은 곳에 멍이 든 것을 알 수 있었을 텐데.

상미의 앞에선 어른이 되고 싶었다. 상미의 어른이 되고 싶었다. 내게 어린 나를 키울 수 있는 초자연적인 기회가 주어진 걸까, 하는 엉뚱한 상상이 들기도 했다. 그런 걸까? 나는 지금 상미의 부모가 되고 싶은 걸까? 어쩌면 정말 그럴지도 몰랐다. 상미의 부모가 미웠으니까. 자신이 그 자리에 있어야 했다. 저 따위로 괴롭히지 않을 것이다. 저렇게 울게 하지 않을 것이다. 자격 없는 사람들이 그 자리에 있다는 것이 혐오스러웠다. 뭣도 모를 그들이 진영 자신을 똑 닮은 상미의 부모로 행세한다는 사실이 어처구니없었다. 상미의 보호자는 진영, 진영이 사랑하는 상미. 마치 누군가 작정하고 그려 찍어낸 데칼코마니처럼 잘 어울렸다.

　진동이 다시 울렸다. 남훈이었다. 길게 늘어지는 진동 소
리를 무시했다. 쉽지 않았지만 눈을 질끈 감았다. 나는 밥해
주는 사람이 아니다. 나는 효녀가 아니다. 나는 너의 소유물
이 아니며, 너를 구원자로 여기던 죽은 엄마가 아니다. 나는
아니다. 옆방에서 낑낑대는 남자의 소리가 들렸다. 진영은
누운 채로 오른팔을 들어 그대로 팔뚝을 눈 위에 얹었다.

　나는 아니다. 아니야.

6

 사서 하나가 바닥에 엉덩이를 대고 앉아 있던 아이들을 불러냈다. 통로에 죽치고 있는 두 아이 때문에 불편하다는 항의가 들어왔다고 했다. 요새 애들이 워낙에 무섭잖아요. 담배 피우지 말라고 하면 때려죽이는 세상인데. 그쪽으론 아예 지나가지도 못하겠다니까요, 나중에 해코지할까 봐. 여자애 둘이서 통로를 떡 막고 앉아 있어요. 여름 내내 그랬는데, 이거 도서관 차원에서 관리 안 해요? 이용자가 불안을 느끼고 있는데? 상미와 유주를 불러낸 사서가 물었다.
 "너희는 왜 멀쩡한 책상을 내버려두고 거기 가서 앉아 있는 거니? 너희도 불편하고 사람들도 불편한데, 굳이 거길

고집해야 할 필요가 있을까? 너희 거기 앉아 있다는 이야기가 또 들리면 나도 어쩔 수가 없어. 너희에게 계속 주의를 주다가 이용을 못 하게 만드는 수밖에는."

유주는 죄송해요, 라고 말하려 했는데 상미가 옆에서 팔을 툭 치는 바람에 죄……까지 말하다가 멈추었다.

"근데요. 저희가 잘못한 게 뭔데요?"

"어?"

"잘못한 게 뭐냐고요. 거기 앉아 있었던 것 맞아요. 그런데 왜요? 사람들이 지나가면 잘 비켜줬어요. 찾을 게 있다고 하면 피했고요."

"이용하시는 분들이 불편하시다잖니."

"그냥 보기 싫은 거 아니고요? 어차피 여기 앉을 자리도 별로 없잖아요. 자리도 없는데 저희가 한 자리씩 차지하면, 그럼 그땐 공부도 안 하고 책도 안 읽으면서 여기 앉아 있다고 뭐라 할 거잖아요. 솔직히 저희가 잘한 거 아니에요? 자리 차지 안 하고 알아서 찌그러져 있는 게?"

"얘, 너 태도가 그게……."

그때 유주가 사서의 말을 잘랐다.

"죄송해요. 책상에 잘 앉아 있을게요."

"야, 뭐가 죄송해."

"상미야, 그만해."

"아니, 뭐가 죄송하냐고. 너 되게 웃긴다. 나는 하나도 안 죄송한데 너 혼자 왜 우리 둘 다 죄송하게 만들어."

사서가 팔짱을 끼었다.

"너 몇 학년이니?"

"무슨 상관이에요."

"말하는 태도가 뭐 이렇지?"

"억울하잖아요. 잘못도 안 했는데 쫓아내려고 하니까."

"잘못은 지금 하고 있는 것 같은데. 거기 앉아서 지나다니는 사람들한테 어떻게 했을지 네 말투 보면 다 나온다. 애. 말투가 사람을 보여줘. 너 그거 모르니?"

"씨발, 뭐라고 하는 거야."

"너 지금 뭐라고 했니?"

"알아서 뭐 하게요."

"애, 나도 딸 있는 엄마야."

"근데요."

"내 딸에게 감사해야겠어, 내가. 너 같지 않아서 정말 다행이다. 내가 죽는 한이 있어도 내 딸 너처럼은 안 키워."

진영이 이어폰을 빼고 복도에 걸어 나갔을 땐 이미 구경

하러 몰려든 사람들이 둥글고 두툼한 원을 그린 후였다. 그 한가운데에 상미가 있었다. 직원 둘에게 팔을 잡힌 채 있는 힘껏 소리를 지르고 있는 상미가. 목 늘어난 반팔 티 위에 후드 집업을 걸치고, 반바지 차림에 슬리퍼를 꿰어 신은 사람들이 팔짱을 낀 채 상미를 구경했다. 사람들은 화를 냈고 동시에 우스워했다. 신경질을 내면서도 낄낄 웃었다. 한 장면도 놓치지 않겠다는 듯 뚫어져라 쳐다보면서도 동시에 쑥 덕댔다. 입을 가리거나 목소리를 낮추려는 노력도 없이. 누군가는 영상을 찍고 있는 듯 핸드폰을 어깨 높이로 치켜들고 있었다.

"아저씨, 폰 치워요."

진영이 손바닥으로 렌즈를 가렸다. 그러고는 남자가 뭐라고 대꾸할 틈도 없이 바로 원 한가운데로 들어갔다. 들어가서 상미를 붙들었다.

"상미야."

안은 지 10초도 되지 않은 것 같은데 어깨가 젖었다.

"상미야."

끈끈하고 축축한 진영의 어린 기억들.

"상미야. 왜 이렇게 화가 났어."

뜨겁고 짜디짰던 진영의 어린 기억들.

"응, 괜찮아. 괜찮아, 상미야."

그 진영의 어린 기억들, 어린 진영의 기억들, 어린 진영들의 기억, 진영들의 어린 기억, 기억들의 어린 진영, 기억의 어린 진영들이 진영 안에서 아우성쳤다. 화를 내던 진영들이.

진영이 지위도 직책도 모를 어른들을 만나는 동안 상미는 복도에 내놓은 의자 하나에 혼자 앉아 있었다. 몇 시인지 궁금했다. 상미가 소란을 피우기 시작했던 때가 11시 40분. 직원들이 윗선에 보고를 해야 한다며 진영과 상미를 어느 방엔가 몰아넣고 기다리게 한 것이 12시 10분. 누군지는 모르겠는데, 하여간 직원들이 보고해야 한다는 그 윗사람들이 점심을 먹고 돌아온 것이 1시 30분이었다. 진영은 내가 들어갈게, 하고 말했다. 내가 들어가서 이야기할게. 싫어요. 제가 싼 똥 제가 치울게요. 너무 미안했는데, 미안해서 말이 불퉁스럽게 나왔다. 그러자 진영은 이렇게 말했다. 네가 들어가서 또 소리 지를까 봐 그래. 지금처럼 별거 아닌 가짜 사고가 아니라 진짜 사고 칠까 봐서.

어른들은 뭐 저렇게 길게 이야기하는지 몰랐다. 아줌마가 보호자예요? 어느 남자의 물음에 진영이 고개를 끄덕였었다. 보호자도 있는데 이런 일이 일어났단 말이야? 누구에게 말하는지도 분명하지 않게, 남자가 헛웃음을 지었다. 허, 참 나 원. 애가 그러는 동안 뭐 하고 계셨어요? 진영은 대답하지 않고 대신 죄송하다고만 했다. 그러더니 상미를 남겨두고 그 어른들과 안에 들어갔다.

유주는 어디 갔지. 그제야 유주 생각이 났다. 애 어디 간 거지. 분명 사서가 둘을 불러냈을 때만 하더라도 같이 있었는데 어느 순간 보이지 않았다. 언제부터 보이지 않았더라? 눈을 찌푸리고 기억하려 애써도 알 방법이 없었다. 설마 도망간 거야? 상미는 운동화 굽으로 의자의 다리를 툭툭 찼다. 툭, 툭 하고 낮은 소리가 났다. 정말? 정말 도망간 거야? 설마.

짠 눈물을 너무 많이 마셔서 배도 고프지 않고 목만 탔다. 소리를 지를 때 눈물은 앞으로 나오는 만큼 뒤로도 넘어가 목구멍을 따라서 잘만 흘렀다.

상미가 소리를 지르기 시작할 때 유주는 서서히 원을 그리는 사람들의 뒤쪽으로 빠졌다. 귀를 틀어막고 싶었다. 진영이 나오는 걸 보았다. 나와서 상미를 안는 것을 보았다. 등을 돌려 다시 열람실로 들어갔다. 도망친 게 아니야. 스스로에게 그렇게 말하고 못 박았다. 도망친 게 아니야. 그러면? 그러면…….

보기 싫어서.

저 애가 싫어서.

이 세상에 자기만 있다는 듯 구는 저 애가 싫어서.

자기 감정만이 가장 중요하다는 듯 말을 함부로 하는 저 애가 싫어서.

세상 모든 짐은 혼자 짊어졌다는 듯 구는 게 싫어서.

간단히 넘어갈 수 있는 상황을 크게 만드는 게 싫어서.

연극적으로 구는 게, 영화의 주인공처럼 일부러 튀고 모나게 극단적으로 행동하는 게 싫어서.

그런데 진영은 자꾸 상미만 챙기는 것 같았다.

상미는 진영을 아줌마라 불렀지만 유주는 언제부턴가 이모라고 진영을 부르는 호칭을 바꿨다. 아마 빙수를 먹던 그때부터였을 것이다. 이모. 진영 이모. 이모가 더 많이 손을 잡아줬으면 했다. 상미도 혹시 이런 얘기 했었어요? 자기 집 얘기나 그런 거요. 빙수를 먹으며 울음을 그치고 나서 유주는 조심스럽게 물었고, 진영은 무심한 말투로 아니, 나한텐 그런 이야기 한 적 없는 것 같은데, 상미는 그런 이야기 할 애가 아닌 것 같아 보이지 않니, 하고 대답했었다. 그때 유주의 기분은, 그 기분은 뭐였을까……. 아마도 기쁨이나 안도감 비슷한 그 무엇이었을 것 같았다. 중요한 사람이 되고 싶었다. 살아서 처음으로. 결국엔 몹시 중요하기 때문에 버티며 살아도 되는 사람이고 싶었다.

그때까진 그랬는데, 상미가 진영에게 마음을 열면서 유주는 점점 뒤로 밀려나는 것만 같았다. 버려진 기분이었다. 진영을 이모라 불렀는데도 진영은 여전히 자신을 아줌마라 칭했다. 아줌마는 상미가 부르는 말이었다. 유주의 것이 아니었다. 유주의 말이 아니었다. 진영이 유주의 말을 쓰지 않고 상미의 말을 대신 써서 자신을 표현한다는 것은 무엇을 의미할까. 삶이 자신을 또 구석으로 밀어 넣어버리곤 비웃는다는 뜻일까. 지긋지긋했다. 상미가 미웠다. 진영도 미웠는데 가지고 싶었다. 점심을 먹지 못해 배가 고팠다. 둘은 어딜 간 걸까. 글자가 하나도 눈에 들어오지 않았다.

보호자라고 주장하는 진영이 상미와 어떤 혈연관계도 아니라는 사실을 안 어른들이 상미를 안으로 불러들였다. 진영이 제지했으나, 아무 관계도 아니라면서요 아줌마, 오지랖 좀 그만 부려요, 라는 말을 들어야 했다.

"학생."

"네."

"여기 이분, 학생이랑 아무 사이도 아니라며."

상미가 진영을 바라보았다.

"제가 언제 아무 사이도 아니라고 했어요?"

진영이 목소리를 높였다.

"엄마도 친척도 아니라면서요."

"꼭 핏줄이어야 보호자예요? 네?"

"아주머니, 조용히 좀 하세요. 애랑 얘기 좀 하게요."

"아니, 말이 그렇잖아요."

"아줌마, 아줌마 때문에 애한테 불이익 가면 누가 책임질 거예요?"

진영이 말을 우뚝 멈추었다. 어른 여럿이서 들으란 듯 일부러 크게 쉬는 한숨이 섞여 상미의 귀를 때렸다.

"학생, 어머니 아버지 어디에 계셔요. 집 전화번호 좀 불러봐요."

"……."

"학생."

"……."

"학생. 잘못했으면 책임을 질 줄도 알아야지, 그렇게 꿀먹은 벙어리처럼 굴어봤자 좋을 게 없어. 우리가 학생 편의

봐줘서 부모님께 연락드리는 선에서 끝내려고 하는 거니까 얘기 좀 하자."

"……."

"계속 이럴 거야?"

"저 있잖아요, 만약에요."

"응, 말해, 말해."

"집에 전화하시면요, 내 실제 부모님이 저를 죽일 수도 있다면요."

"……."

"그리고 저는 밥도 제대로 못 먹고 굶으며 지내던 앤데요. 저분이 매일매일 아무 사이도 아닌 저한테 점심을 사주고, 이야기를 들어주고, 웃게 해줬다면요."

"……."

"그러면 누가 진짜로 제 보호자인 거예요?"

"저기, 학생."

"네."

"상황을 모면하려고 거짓말하면 안 돼. 그럼 죄질이 더 심해지지."

7

도시의 돈 한 푼 없는 10대 청소년은 아무 데도 갈 곳이 없다. 그런데 어른들은 그걸 왜 모르는 걸까. 어른들은 도시의 돈 한 푼 없는 10대 청소년이었던 적이 없는 걸까. 아니면 그 시절을 까맣게 잊어버린 걸까. 서가에 앉아 손에 잡히는 대로 소설을 읽다 보면 하천 변이나 컨테이너, 공사장 같은 곳들이 글에 등장했다. 거기서 하릴없이 시간을 보내는 또래들이 나왔다. 유주는 그게 무섭다고 생각했다. 정말로 자신이 갈 수 있는 곳은 그런 곳밖에 없다고 그 소설들이 단언하고만 있는 것 같았다. 유주는 그중 어느 곳에도 가고 싶지 않았다. 어둑하고 인적이 드문 곳들이었고, 마주친 누군가가 자신의 입을 틀어막고 옷 속에 손을 넣을 것만 같은 곳들이었다. 그리고 무엇보다 하천 변도, 컨테이너도, 공사장도 이 계절엔 무척이나 더울 터였다.

도서관에 갈 마음이 들지 않아 어제는 지하철을 탔다. 교통카드가 없었지만 대책 없이 역까지 걸었다. 역에서는 빵 굽는 냄새가 진동했다. 배에서 천둥소리가 났다. 하나, 둘, 셋…… 속으로 열까지 숫자를 세곤 침을 꿀꺽 삼키며 개찰구 옆에 조그맣게 나 있는 철제 비상문의 벨을 눌렀다. 네, 말씀하세요. 역무원이 대답하자 갑자기 심장이 터질 듯 뛰었다. 말씀하세요, 말씀하세요. 채근하는 목소리에 정신이 돌아왔다. 저기, 화장실에 가려고 하는데…… 문 좀 열어주세요. 유주가 그렇게 말하자 금방 문이 딸깍 소리를 내며 열렸다. 고민하던 유주를 비웃듯. 겁먹었던 유주를 놀리듯.

화장실에 들어가서 양변기 뚜껑을 내리고 거기 오래 걸터앉아 있었다. 문이 열리자마자 부리나케 플랫폼으로 향하면 유니폼을 입은 남자들이 쫓아올 거라고 생각했다. 쫓아와서 네가 너무 수상해 CCTV로 처음부터 보고 있었다며, 돈도 내지 않고 지하철을 타려 했으니 몇백 배의 벌금을 물어야 한다며, 그렇게 윽박지르고 집에 전화를 할 것 같았다. 문을 열어준 역무원이 자기 존재를 잊을 수 있을 만큼의 시간이 어느 정도 필요할지는 알 수가 없었지만 팔딱거리는 심장이 가라앉고 다시 마른입에 침이 돌 때까지 기다려야 했다. 화장실에서는 똥오줌과 락스가 섞인 역한 냄새가 잔뜩 났다. 몇 번이고 칸과 세면대를 오가며 시간을 때웠다.

열차를 탈 때까지 아무도 유주를 쫓아오지 않았다. 마침내 움직이는 열차에 오르자 적잖게 안심이 되었다. 어느 방향으로 향하는지도 모르고 더 먼저 들어오는 쪽에 후다닥 올라탔는데, 강을 건너는 방향이었다. 빈자리는 없었다. 유주는 서서 창문 너머 흘러가는 강물을 지켜보았다. 강은 여름의 따가운 햇빛을 반사하고 있었지만 유심히 살펴보니 그다지 깨끗하지 않았다. 부유물이 둥둥 떠다니는 검은 물빛. 유주는 물을 보는 것이 싫었다. 눈을 감았다. 자신이 거기서 힘이 들어가지 않는 팔다리를 축 늘어뜨린 채 둥둥 떠다닐 수도 있었다. 그런 장면이 자꾸만 머릿속에 맘대로 들어와 이곳저곳을 헤집어놓았다.

강을 지나고 다시 눈을 떴다. 사람들이 많이 내리고, 또 많이 탔다. 여러 사람의 살과 숨의 냄새가 섞여 진동했다. 에어컨 바람이 너무 셌다. 걸칠 만한 옷을 뭐라도 하나 가지고 나올 걸 그랬을까? 팔뚝에 돋은 털이 일제히 빳빳하게 일어섰다. 팔짱을 끼고 몸을 조금 움츠렸다. 핸드폰을 꺼냈지만 언제나 그랬듯 유주의 폴더형 핸드폰으로 할 수 있는 것은 아무것도 없었다. 괜스레 어디에도 보내지 못할 문자메시지만 몇 통을 쓸 뿐.

그날, 결국 어떻게 되었을까. 하루에도 수십 번씩 마음은 이쪽과 저쪽을 오갔다. 그날 일이 어떻게 흘러가는지 끝까지 지켜보았어야 했을까. 도서관에서는 상미를 쫓아내지 않았을까. 상미는 아무 제지 없이 계속 출입할 수 있을까. 만약 그렇지 않다면? 만약 상미가 더 이상 그곳에 갈 수 없다면? 그렇다면 상미 역시 진영을 잃게 될 것이다. 상미에게는 핸드폰이 없다. 진영과 연락할 수 있는 기회는 없다. 물론 유주도 진영의 번호를 모르지만.

다리가 아팠다. 나는 잘못이 없는데 왜 여기서 이러고 있나. 역을 몇 개나 지나쳤을까. 순환선이라고 생각했는데 그래서 다시 원래 있던 곳으로 돌아갈 때까지 기다리며 가만히 쉬자고 생각했는데, 어디선가 사람들이 하나같이 우르르 내리더니 전동차 내부의 불이 꺼졌다. 유주도 놀라 달음질쳐 플랫폼에 가서 섰다. 사람이 하나도 남지 않은 열차는 컴컴했다. 핸드폰 화면을 보거나, 서로와 깔깔대며 이야길 나누거나, 이어폰을 긴 채 까닥거리는 사람들의 머리 너머로 스크린 도어가 닫히는 광경이 보였다. 빈 열차가 무거운 소리를 내며 차고지로 출발했다.

한 시간은 되었을 줄 알았는데 아직 아니었다.

열다섯 살짜리가 마음 놓고 오래 쉴 수 있는 곳은 이 도시에 없다.

도시의 돈 한 푼 없는 10대 청소년은 아무 데도 갈 곳이 없다. 진영은 지금까지 그걸 잘 몰랐었다. 잘 모르는 어른이었다. 그 시기를 지나왔으면서도 자기 일이 아니어서 무책임한 어른이었다.

"너를 이런 데 데려와도 되는지 모르겠어."

반도 고시원의 문 앞에서 상미가 쭈뼛거리는 것을 진영은 분명하게 느낄 수 있었는데, 상미는 괜찮은 척을 했다.

"좋죠, 원래 아줌마가 쓰는 방이라면서요."

"응."

"저는 저희 집만 아니면 다 좋아요."

"어디 카페에라도 가서 앉아 있는 게 낫지 않겠니."

"그거 다 돈이에요."

진영은 눈을 감았다. 어른의 말이 저 아이의 입을 통해 나오는 것이 싫었다.

"걔는 뭐 하고 있을까요."

"걔라니."

"유주요."

"아."

"원래 저랑 같이 있었는데 뒤로 쏙 빠져가지고. 오늘도 거기 갔을까요. 저처럼 얼굴 찍히고 다신 오지 말라는 소리 듣고 그러진 않았을 테니까."

"나도 얼굴 찍히고 다시 오지 말라는 소리 들었잖아."

"그니까요. 우리 둘 다 이제 걔가 어디서 뭐 하고 있는지 알 수가 없어요."

"너는 개학하면 볼 수 있잖아."

"그거야 개학하고 나서죠. 일주일이나 남았는데."

"유주가 밉지 않니?"

"왜 미워요?"

"처음에 같이 있었는데 혼자 남았으니까."

"아. 그렇죠. 처음엔 진짜 짜증 났어요. 도망간 줄 알고."

"그런데?"

"근데 도망간 거 아니란 생각이 들었어요. 걔요, 갈 데 가 어디 있어요. 저도 불쌍하지만 걔도 불쌍해요. 저는 말이 라도 막 하면서 쌓인 거 풀잖아요. 아 뭐, 물론 이번처럼 일 이 잘못 꼬일 때가 더 많긴 하지만요. 그런데 걔는 그런 것

106

도 못하고. 소심하고 조용하고. 저번엔 어떤 애들이 걔 뒤에서 걸음걸이 따라 하면서 막 쪼개는 걸 봤어요. 씨발, 넌 화안 나냐고 물었는데 그러는 거예요. 내가 화내봤자 아무것도 달라지는 게 없잖아, 그렇게 대답하는 거예요. 그러니까 걔는 저보다 더 똑똑하고 어른 같아서 더 힘들고 불쌍한 거죠. 아줌마, 걔는 아직 열다섯 살밖에 안 됐는데 이미 세상의 어떤 것도 달라질 수 없다는 걸 알아요. 저는 그걸 알 것 같긴 한데 인정하고 싶지 않아서 자꾸 화를 내고 소리 지르고 못되게 구는 거고요. 그러니까, 봐요, 불쌍한 사람끼리 미워해 봤자 뭐 해요."

"……."

"걔는 아줌마 없으니까 이제 밥도 못 먹을 텐데. 그러고 보니까 저는 얻어먹으면서도 아줌마한테 고맙다는 인사 한번을 안 했네요."

"안 해도 돼. 네가 사달라고 한 게 아니니까. 내가 억지로 데리고 다니면서 먹인 거잖아."

"그래도. 모르는 애들한테 그 돈을 다 쓰고. 대체 아줌마는 뭐예요? 뭐 하는 사람이에요?"

"말했잖아. 집에 있으면 몸이 아파서 밖에 나와 싸돌아다니는 사람이라고."

"불공평해요. 누가 아줌마한테 저에 대해 묻는다면 아줌마는 이것저것 말할 수가 있겠죠. 제가 저번에 질질 짜면서 미주알고주알 얘기했으니까. 아 그것도 아줌마가 말하라고 한 게 아니고 저 혼자 한 짓이라 정말 할 말 없긴 한데…… 어쨌든 근데 누가 저한테 아줌마에 대해 알려달라고 하면 저는 해줄 수 있는 게 없어요. 이름은 진영이야. 성은 모르겠어, 안 알려줬어. 나이도 잘 모르겠고 뭐 하는 사람인지는 더 모르겠어. 번호? 알 리가 있나. 쫄쫄 굶는 애들한테 점심을 사주는 게 취미일까? 그것도 잘 모르겠어. 세상에 그런 취미를 가진 사람이 있나? 나이에 비해 새치가 많아. 검은색으로 다시 염색하지 않는 게 좀 희한해. 아 정말, 사연이 있는 것 같은데 말을 안 해서 거기까진 몰라. 사연이 없는 사람이 중학생들한테 공짜 점심을 사준다는 게 더 이상하잖아?"

"할 말 없는 것치고는 되게 길다, 너."

"알맹이는 하나도 없거든요? 결국 다 모르겠다는 이야기뿐인데."

진영이 한참 입을 열지 않자 가만히 앉아 기다리던 상미는 자리에서 일어났다. 일어나서는 고시원의 내부를 제멋대로 뒤지기 시작했다. 냉장고도 없는 방에서 꾸덕꾸덕 마른

멸치조림이 튀어나오자 헐, 하고 크게 외쳤다. 너무 잘 보이도록 책상 위에 올라가 있는 빈 소주병들이 민망해할 지경이었다.

"아줌마 술 너무 많이 마시는 거 아니에요?"

"나는 어른이니까, 내 맘대로 할 수 있는 거야."

"하긴 뭐. 아줌마 인생이니까요. 주사만 안 부리면 되지. 술 먹고 애한테 꼬장 부리고, 패고, 물건 던지고, 그러지만 않으면 되죠."

"애 없으니까 나랑 상관없는 얘기네. 맘껏 마셔야겠다."

"결혼도 안 했어요?"

"했었지."

"이혼했어요?"

"아니."

"그럼요?"

"죽었어."

"아……."

"당황했지?"

"네……."

"괜찮아."

"죄송해요."

"뭘 죄송해. 괜찮아. 하도 오래전에 죽어서 이젠 기억도 희미하다. 너희 다섯 살 때였을 거야. 10년 됐어."

"죄송해요."

"괜찮다니까. 아프지도 않았는데 어느 날 갑자기 죽었어. 그런 걸 돌연사라고 하나. 이유도 모르고 그냥. 가끔 맘이 되게 힘든 날이면 그게 부러울 때도 있더라. 아프지도 않고 쓱 끝낼 수 있었다는 게. 네가 지금 중2잖아. 내가 네 나이 때 죽고 싶다는 생각 많이 했었는데. 중2병이었을까. 나도 잘 몰라. 손목을 그으면 아프겠지? 목을 매면 괴롭겠지? 높은 곳에서 떨어지면 무섭겠지? 그랬는데 안 죽으면 어떡하지? 뭐 이런 말도 안 되는 상상을 하면서 아무것도 실천으로 옮기질 못했거든."

"그게 중2병이에요? 그럼 나중엔 죽고 싶은 생각이 없어져요?"

"사람마다 다르겠지."

"저도 맨날 그런 생각 하거든요. 이렇게 살아봤자 뭐가 달라질까 하고요."

"모두에겐 일단 벗어날 곳이 필요한 것 같아. 도망쳐 있을 곳이. 결국 너도 도서관에 도망쳐 있던 거고 거기서 나를 만난 거지. 우린 이제 그 도서관에 못 갈지도 모르지만, 대신에 너는 여기를 도망치는 곳이라고 생각하면 되겠지. 일단 숨는 시간을 좀 가진 후에 생각해 봐. 개학하고 나서도 조용한 공간이 필요하면 여기로 오고. 열쇠는 복사해 줄게."

"그럼 걔도……."

"응?"

"개학하면 같이 와도 돼요? 유주요. 여기 들어올 때 솔직히 조금 무서워서 누구랑 같이 있고 싶어요. 혹시 아줌마가 없어도 안심할 수 있게요."

"그래, 그럼……."

"유주한테 연락하고 싶어요. 말해주고 싶어요. 우리 모일 곳이 생겼다고. 개학할 때까지 기다려야 하겠지만요. 그때까진 혼자 와서 여기서 아줌마랑 둘이 있어야 하겠지만 그래도 개학까지 얼마 안 남았잖아요. 학교 끝나면 같이 올 거예요. 여기 같이 와서 놀 거예요. 해 떨어질 때까지. 저녁까지 다 같이 먹을 수 있었으면 좋겠어요. 아줌마 막 부담스러워 하고 그런 거 아니죠?"

8

　상미는 두 층을 더 올라갔다. 무거운 가방을 자기 교실에 먼저 던져놓을 수도 있었지만 아무래도 유주를 만나는 것이 우선이었다. 몇 날 며칠을 오늘만 생각했으니까. 유주를 만나면 이 얘길 해줘야지, 라고 생각했으니까. 얼마나 좋아할까? 어쩌면 걔는 마음이 조금 소심하고 표현을 잘 못해서, 그래서 티 나게 좋아하지는 않을지도 모른다. 혹시 그래도 속상해하지 않기로 다짐했다. 속마음은 그게 아닐 테니까. 그 누구보다 편히 쉴 수 있는 공간을 가장 열망했던 것이, 그리고 자신보다도 더 진영을 따르는 듯 보였던 것이 바로 유주니까.

10반 교실의 뒷문으로 머리를 집어넣었다. 아침 조회 시간을 5분 정도 남겨놓은 교실은 반쯤 비어 있었는데, 유주를 찾는 것이 오래 걸렸다. 세 번 정도를 둘러봐도 익숙한 모습이 보이지 않아 아직 등교하지 않았나 싶었는데, 네 번째로 샅샅이 훑어봤을 때 교실 저 끝, 청소 도구함 옆에 있는 책상에 앉아 있는 유주가 보였다.

"와, 머리 진짜 짧게 잘랐네. 못 알아볼 뻔했어!"

복도로 나온 유주를 보고 상미는 입을 떡 벌렸다. 별다른 스타일 없이 긴 머리를 하나로 질끈 묶었던 유주는 사라지고 없었다. 귀 언저리의 머리카락을 시원하게 파고, 흰 목을 숨김없이 드러낸 짧은 머리의 유주가 대신 서 있었다. 목덜미에 빳빳하게 솟은 아주 짧은 머리카락들이 이상하게도 새파랗게 보였다.

"그냥 잘라봤어. 더워서."

"야, 진짜 잘 어울려. 완전 예쁘고 멋있고 잘생겼어."

"난 아직 많이 어색한데."

"박제해라. 진짜 최고다. 나는 그렇게 잘라도 너처럼 안 예쁠걸."

"방학 잘 보냈어?"

"야, 말도 마. 그날 도서관에서 나랑 아줌마랑 둘 다 쫓겨나서 진짜."

"아, 쫓겨난 거였구나. 그래서 안 왔구나. 그 사람들 정말 너무하다."

"맞아. 진짜 너무해. 근데 그래서 더 좋아진 게 있어. 너한 테도 알려주려고 왔어."

조회 준비종이 울리고 상미가 후닥닥 서둘러 복도를 뛰어 자기 반으로 돌아갔다. 유주는 천천히 몸을 돌려 교실로 들 어가 자리를 찾아 앉았다. 상미와 복도에 있는 사이 짝이 자 리에 앉아 있었다. 아주 미세하게 유주의 책상에서 2~3센티 미터쯤 띄워놓은 짝의 책상은 방학 전과 그대로였다. 40도 쯤 몸을 틀어 비스듬히 유주에게 등을 보이고 앉은 자세도 그대로였다. 그러라지.

솔직히 미웠었다. 방금 전까지. 지하철에 무임승차해 어 딘지 모를 곳을 돌던 건 하루로 끝이 났고 이튿날부터 다 시 열람실에 드나들었다. 그 둘이 쫓겨난 것도 실은 이미 알 고 있었다. 그렇게 친해 보이더니 아니었나 보네. 너는 소식 도 모르니? 사서가 불퉁스럽게 말했을 때 당신 때문이라고 꼬집고 싶은 것을 꾹 참고 다시 물었다. 그럼 이제 안 와요? 그걸 내가 어떻게 아니. 뭐 시간 지나면 뻔뻔하게 다시 와도 우리가 잡을 수는 없겠다만. 유주는 그렇게 상미도 진영도 없는 나날들을 혼자 보냈다. 둘 다 다시 오지 않을 것이라고 생각했지만 해가 떨어지고 가방을 챙겨 1층으로 내려갈 때면, 그리고 도서관의 출입문을 열어 밖으로 나갈 때면 자꾸만 헛된 기대가 생겼다. 진영이 그 앞에 있을 것이라는 기대. 출입문 앞 벤치에 앉아서 자신이 나오기를 기다리고 있을 것이라는 기대. 유주 네 번호를 몰라서 그냥 문 앞에서 기다렸다고, 더 좋은 곳을 찾았으니 다음 날부터 거기서 다시 함께 이야기하고 밥도 먹고 그러자고, 그리고 드디어 서로의 핸드폰 번호를 교환하자고, 그런 말을 해줄 것이라는 기대. 부푼 마음이 매일 바람 빠진 풍선처럼 축 늘어져 가라앉아도 거듭 기대하고 또다시 실망했다. 그리고 진영이 미워서 밤새 숨을 죽여 울고는, 방학 막바지에 욕실에서 머리를 스스로 시원하게 잘라버렸다. 검은 머리카락 더미를 변기에 집어넣고 물을 내렸다.

다음 날 아침상에서 할머니는 기절초풍했다. 자기 머리를 지가 자르면 운이 사납다는데, 하여간 네 딸은 하는 짓이라고는 죄다……. 화살이 엉뚱하게 엄마를 향했다. 엄마가 신용카드를 쥐여주었다. 그렇게 방황하던 방학 내내 단 한 번도 주지 않던 것을. 엄마는 눈살을 찌푸리며 말했다. 머리

꼴 좀 정리하고 와. 쥐 파먹은 것처럼 하지 말고. 무슨 짓이니, 부끄러워서 원. 어디서 났을지 모를 모자도 던졌다. 이거 쓰고 다녀와. 요 앞 상가에 미용실 있지. 거기 가서 잘라. 유주는 카드를 들고 집을 나와 상가를 지났다. 지나서 한참을 더 걸었다. 커다란 헤어숍에 들어갔다. 들어가서 모자를 벗으며 말했다. 최대한 짧게 해주세요. 머리를 자르고 나서는 혼자 떡볶이 체인점에 들어가 만 원짜리 세트를 사 먹고 쿨피스도 마셨다. 문구점에 들어가 예쁜 펜을 다섯 자루쯤 사고 새 필통도 샀다. 오는 길에 너무 더워 배스킨라빈스로 향했다. 세 가지 맛이 들어간 아이스크림 한 통을 사서 다 비웠다. 모두 카드로 결제했다. 엄마의 핸드폰으로 결제 문자가 속속 도착했을 것이라는 생각이 든 것은 조금 뒤였다. 뭐에 홀린 듯 이렇게 일을 저질러버렸네. 유주는 남은 아이스크림이 녹아 알록달록한 색이 서로 섞여 거무죽죽해지는 것을 보며 생각했다. 왜 이랬지. 저질러버렸네. 녹은 아이스크림을 분홍색 플라스틱 수저로 마저 떠먹을 때엔 그 순간이 하나도 달지 않고 느끼했다.

그날 저녁 매를 맞았는데 이상하게 아프지는 않고 화만 났다.

"아줌마, 얘 여기 들어올 때 무서워하는 거 완전 티 났던 거 알아요?"

상미가 낄낄 소리를 내며 웃었다.

"성인 방송 완비, 그 표지판 보고. 그리고 들어올 때 어떤 아저씨가 나오다가 우리랑 계단에서 딱 마주쳤거든요. 아저씨 지나가는데 담배 전내랑 그 뭐라고 해야 돼요, 홀아비 냄새? 그런 게 엄청 나는 거예요. 그러니까 쟤 완전 쫄아서. 그 표정을 아줌마도 봤어야 하는데."

그러고는 마지막 남은 김말이를 젓가락으로 집어 입에 쏙 집어넣는 것이었다.

종례가 조금 늦은 유주네 반 앞에 상미가 우두커니 서 있었다.

"야, 너네 담임 왜 이렇게 늦게 끝내냐? 기다리다 죽을 뻔했네."

상미가 툴툴댔고 유주는 그 말이 혹여 다른 친구들에게, 그리고 교무 수첩을 옆구리에 딱 끼곤 교실을 나오는 담임에게 들릴까 싶어 얼른 자기 목소리로 덮어버렸다.

"왜 왔어?"

"왜 왔긴, 아침에 말했잖아. 아줌마네 고시원! 오늘부터

가자고 왔지."

"오늘 당장?"

"그럼 넌 지금 어디 갈 데 있냐? 설마 벌써 집에 갈 거 아니지?"

내가 혼자 겉돌았던 그 시간 동안 쟤랑 이모는 얼마나 오래 같이 있었던 걸까? 유주는 속으로 생각하며, 튀김 부스러기를 숟가락으로 긁어 떡볶이 국물에 불린 후 삼켰다. 상미는 어디서 났을지 모를 만화책을 꺼내 들고 빠르게 책장을 넘기는 중이었고, 진영은 유주의 맞은편에 앉아서 나무젓가락을 쌌던 종이 포장지를 아주아주 잘게 찢고 있었다. 유주는 진영의 손가락을 바라보았다. 이모, 왜 그렇게 종이를 찢고 있는 거예요? 묻고 싶었다. 지루해서 그러는 거예요? 나랑은 할 말이 별로 없어요? 나는 이모 때문에 하루에도 몇 번씩 하늘로 치솟았다 바닥으로 떨어졌다 했어요. 기분이란 건 과연 무생물일까요? 실체가 없는 대상일까요? 저는 잘 모르겠어요. 저는 낭떠러지로 떨어진 기분이 유리접시처럼 박살 나 다시는 살아날 수 없게 되는 경험을 많이 했어요. 말하지 않았지만 요새는 이모 때문에도 자주 그랬어요. 그리고 그걸 쟤처럼, 상미처럼 아무렇지 않은 듯 시끄럽게 말할 수 있는 애가 되고 싶었는데 아무리 연극을 해도 어색하고 제 몸에 맞는 옷이 아닌 것처럼 느껴졌어요. 저는 상미가 부러워서 싫었어요. 화나고 힘들다고 소리를 지르니까 이모가 와서 안아줬잖아요. 저처럼 꾹 참고 어른들이 원하는 대로 차분하게 굴면서 뒤로 빠지는 아이에겐 그러지 않잖아요. 이모에게 살갑게 먼저 다가간 건 분명 나였는데. 근데 왜 자꾸만 상미가 이모를 차지하는 것 같은 느낌이 들까요. 둘은 닮았잖아요. 키도 똑같고 한쪽만 축 늘어진 어깨선도 비슷해. 팔꿈치의 높이도, 골반과 무릎의 높이도 비슷해요. 서로 닮은 사람은 어쩔 수 없이 아끼게 되는 걸까요? 그 주위를 위성처럼 빙빙 도는 누군가의 마음에는 전혀 곁을 주지 않은 채로요.

"아줌마 없을 땐 뭐 하고 지냈어?"

진영이 갑자기 물어 생각이 멈추었다.

"쫓겨나니까 마음이 영 그렇더라. 나도 어른인데 이렇게 무시당하고 힘이 없어서 원. 억울하고 분한 기분도 들고. 무엇보다 네 생각을 많이 했어, 유주야. 상미랑 같이. 유주는 무얼 하고 지낼까. 도서관에 매일 가겠지, 우리가 없어도? 오늘은 뭘 먹고 어떤 책을 읽었을까, 뭐 그런 생각. 상미랑 찾아갈까도 고민했는데 우리가 친 사고가 있으니 겁나더라. 이렇게 다시 보고 떡볶이도 먹으니까 되게 좋다. 우리 없는 동안 책 많이 읽었니?"

"네."

"어떤 책 읽었어?"

"맨날 그랬던 것처럼 소설책이요. 우리나라 소설도 읽고 다른 나라 소설도 읽고요."

"이 방에도 책이 있음 좋을 텐데. 다른 도서관도 찾아봤는데 너무 멀더라. 걸어선 못 가겠더라고. 그래서 결국엔 둘이서 만화책 빌려 보고 있었지. 읽은 건 무슨 내용이었어?"

"우리나라 소설은 조로증에 걸린 10대 남자애 얘기예요."

"어머."

"그래서 얼굴도 할아버지 같고 키도 엄청 작아요. 그런데 애가 글을 잘 써요. 조로증에 걸리면 수명이 되게 짧대요. 그래서 걔도 곧 죽을 운명인데요, 엄마 아빠에게 선물하려고 그 둘이 처음 만났을 때의 이야기를 소설처럼 써요."

"그렇구나."

"그런데 신기한 건요, 엄마 아빠가 엄청 좋은 사람인 거였어요."

120

"응?"

"아무도 애를 미워하지도 않고 야단치지도 않아요. 이 집엔 돈이 엄청 없는데 돈 걱정도 둘이 하고요, 애 앞에서는 숨겨요. 애가 병 걸린 걸 가지고 자신을 탓할지는 몰라도 절대로 애에게 탓하지는 않아요. 엄청나죠. 저는 집에서 맨날 병신 소리 듣는데."

상미가 만화책에 묻고 있던 고개를 들었다.

"세상에 그런 부모가 있을까? 지금까지 내가 살아온 방식으로는 믿을 수 없다. 그래서 소설인걸까. 너무 아름답다. 너무 아름다워서 짜증이 나고 너무 짜증나서 아프다······. 그렇게 읽었어요. 저도 그 애가 되고 싶었어요. 심지어 일찍 죽으니까 더 부러웠어요. 결말 부분에서 그 애는 엄마 아빠가 동생을 가진 걸 알게 되지만 그걸로 원망하지 않겠다고 다짐해요. 그 엄마가 임신했단 걸 숨겼었거든요. 애가 상처 받을까 봐. 그때 저는 외치고 싶었어요. 복 받았다, 너."

유주는 침을 꿀꺽 삼키고 심호흡을 했다. 모두 조용했다.

"그리고요. 캐나다 사람이 쓴 소설을 읽었는데 이건 짧은 소설이에요. 아까 건 장편이고요. 여기서는 시인이라는 여자가 하나 나와요. 딸을 데리고 기차를 탔어요. 딸은 되게 어려요. 기억이 잘은 안 나는데 한 다섯 살쯤 된 것 같아요. 그런데 이 시인이 어떤 남자랑 눈이 맞은 거예요. 그래서 있잖아요, 잠든 딸을 칸에 놔두고 그 남자가 있는 칸에 가서 떡을 쳐요."

"어휘가 부적절하다, 유주."

진영이 짐짓 근엄한 투로 끼어들었다.

"그럼 빠구리라고 할까요?"

"그건 더 부적절."

"아, 뭐라고 표현해야 할지 모르겠어요. 정을 통했다? 진짜 웃기잖아요. 무슨 심청전도 아니고. 관계를 했다? 그렇게 돌려 말하는 건 이 사람들의 이미지랑 안 어울려요. 더 확실히 표현하고 싶은데."

"섹스!"

상미가 소리쳤다.

"몰라. 그 말은 부끄러워서 못 쓰겠어."

"떡치는 건 괜찮고?"

"그건 한국말이잖아."

"무슨 상관이야. 이유가 이상해."

"어쨌든……." 유주는 손을 내저었다. "어쨌든. 뭐, 그 장면은 되게 짧아요. 그걸 기대하고 읽은 사람이 있다면 분명 무지무지 허무했을 거예요. 그런데 저는 막 미치겠는 거예요."

"왜?"

"딱 예상되는 전개가 너무 뻔하잖아요. 그동안 애를 잃어 버릴 거라는 게."

상미가 만화책을 바닥에 엎어놓고 엉덩이를 밀며 오더니 유주와 좀 더 붙어 앉았다.

"애를 잃어버리겠지. 저는 읽으면서 생각했어요. 그 생각 을 하니 끔찍해서 더 읽고 싶지 않았는데 궁금하니 마음 이랑은 상관없이 눈이 계속 움직였어요. 실제로 잃어버렸어 요. 엄마가 남자랑 그 짓을 다 끝내고 자기 칸으로 돌아왔 는데 잠들어 있던 딸이 없어진 거예요. 엄마는 미친 사람처 럼 기차를 뒤지기 시작해요."

"어떻게 됐어?" 상미가 속삭였다. "왜 없어진 거야? 누 가…… 누가 유괴했어?"

"아니, 아니야." 상미에게 짧게 대답하고 유주는 다시 진 영의 얼굴을 보며 이야기를 이어나갔다. "사건은 금방 해결 돼요. 그 왜, 객차랑 객차 사이를 연결하는 금속판 있잖아 요, 덜커덩덜커덩하는. 애가 그 위에 앉아 있는 걸 엄마가 찾아내거든요. 애는 그때까진 울지 않았는데 엄마를 보니까 울어요. 엄마는 애를 안고 다시 칸으로 돌아와요. 근데 그때 애가 뭐라고 하는지 아세요?"

"뭐라고 하는데?"

"엄마한테서 나쁜 냄새가 난다고 그래요."

유주는 상미가 웃을 거라고 생각했지만 웃지 않았다.

"저는 작가가 좋은 사람인 것 같다고 혼자 상상했어요. 사실 나쁜 일을 마구 만들어내는 게 이야기가 재미있어지는 방법일 수도 있을 텐데, 그렇게 아이를 엄마랑 다시 만나게 해놓으니까 안심이 되더라고요. 애는 뾰로통해 있지만 곧 잊을 거고, 다시 엄마랑 잘 지낼 거고, 쑥쑥 클 거고. 뭐 그런 생각을 했어요."

"아니야." 상미가 말했다. "아니야. 좋은 사람 아니야. 나는 그 애가 행복할 거라고 생각 안 해."

유주가 상미를 바라보았다. 왜인지 모르게 화가 난 것만 같이 보였다.

"맞아, 그럴 수도 있지."

"그럴 거야."

단정을 지어버리는 상미의 말에 유주는 어리둥절한 표정을 지었다. 진영이 혼자 쓰게 웃음을 지었다. 너희는 각자의 사연을 아직 서로에게 보이지 않았겠지. 나만 이 이야기들이 서로에게 가닿는 방식을 파악할 수 있는 거지? 하고 속으로만 물으며. 목소리를 타고 밖으로 나온 말은 훨씬 완만하고 색이 흐릿한 문장이었다.

"읽는 사람이 어떻게 살아왔느냐에 따라서 다르게 읽힐 수 있는 게 바로 소설이겠지. 정답은 없지 않을까."

"이모는 어떻게 생각해요? 그 애는 행복하게 될까요, 그렇지 않을까요?"

"음. 솔직히 말해도 돼?"

"네, 그럼요."

"어른이라 희망적인 얘길 해주고 싶은데, 그런데 말이지."

"네."

"내가 살면서 지금까지 배운 것 중에서 가장 유용했던 게 뭐냐면, 어느 누구에게도 기대하지 않는 거야."

"기대하지 않는 거요?"

"새로운 사람을 만나잖아. 아니면 굳이 사람이 아니어도 돼. 새로운 작가의 책을 읽게 되든, 뭐 신인 감독의 영화를 보게 되든, 방금 데뷔한 그룹의 노래를 듣든 간에. 새로움이라는 건 언제나 가슴을 떨리게 해. 그건 어쩔 수가 없어. 어떤 사람일까? 조금 호기심을 가지고 다가갔는데 만약 나와 잘 맞고 내 쪽에서 호감을 가지고 있는데 저쪽에서도 나에게 잘해주는 것 같다면 그때부터는 그냥 떨리는 게 아니라

심장이 마구 요동치는 거지. 이제야 찾았어! 내 운명의 친구, 운명의 작가, 운명의 사랑을 드디어 찾았어! 행복한 기분이 솟아올라. 지금껏 겪었던 모든 어려움이 다 이 사람을 만나기 위해 거쳐왔던 시험처럼 느껴지고."

"근데 그게 점점 시들해진다는 말이에요?"

"응. 근데 무엇 때문에 시들어버리는지는 그때그때 달라. 그 사람이 알고 봤더니 내가 기대했던 것에 터무니없이 모자랄 수도 있어. 아니면 내가 너무 기대를 많이 했을 수도 있고. 누군가는 그걸 참고 계속 손을 뻗고 있고 누군가는 그걸 참을 수 없어서 끊어버리지."

"아, 그럼."

"그 조그만 아이는 자기가 혼자 거기 앉아 있었던 걸 기억할 수도 있고 금방 잊을 수도 있어. 워낙에 어리니까. 나만 해도 여섯 살 되기 전의 일들은 머릿속에 하나도 남아 있지 않은걸. 그렇지만 없어졌던 엄마의 얼굴이 다시 보이고 버림받은 줄 알았던 자신이 다시 엄마 품에 안긴 그 순간에 아이는 새로 찾은 엄마에 대해 그전까지와는 다른, 전혀 새로운 기대를 하게 될 거라는 생각이 들어. 이 엄마는 이전의 엄마와는 다르니까. 이전의 엄마는 평범한 엄마였지. 하지만 지금의 엄마는, 물론 아이는 자세한 내막은 모르겠지만, 나에게 잘못을 저지른 엄마니까."

"새로운 사람을 만나게 되는 건가요?"

"그렇지. 새로운 엄마. 엄마는 나에게 백만큼의 잘못을 저질렀으니까 백만큼 더 잘해줄 거라는 기대가 새로운 엄마를 만나면서 생기게 될 거야."

"그리고."

"그리고, 내가 말했지, 살면서 기대는 하는 게 아니라는 걸 배웠다고."

잠시 정적이 셋 사이로 풀썩 가라앉았다. 진영이 끙 소리를 내며 일어나 떡볶이를 담았던 플라스틱 용기를 비닐봉지 안에 집어넣어 묶었다. 상미는 손가락을 골똘히 바라보며 거스러미를 뜯어내고 있었다. 유주는 손에 얼굴을 반쯤 묻었다. 말을 많이 해서인지 볼이 뜨거웠다.

기대는 하는 게 아니라고……. 그 얘기가 마치 자신을 겨눈 것처럼 들렸다. 말을 하지 않아도 내심 진영에게 바랐던 것들이 분명 없지 않았다. 낮 12시가 되기 1분 전 같은 때, 함께 점심을 먹으면서 진영이 내 이야길 좀 더 물어봐주었으면, 하고 바랐을 때, 그리고 무엇보다 매일 진영이 기다리고 있길 간절히 바라면서 도서관 출입문을 지나던 그때와 같은.

"에이, 뭐 이렇게 진지해."

상미가 투덜거렸다. 자기 딴에는 무거워진 분위기를 깨려고 한 말일 테지만 그 덕에 유주가 풀어가던 생각의 실타래가 한순간에 다시 사정없이 꼬여버렸다.

이모가 그런 이야길 하니까 되게 의외예요. 그렇게 말하고 싶었다. 왜 의외냐면 이모는 아무 이유 없이 모르는 애들한테 밥을 사주고 방까지 내주면서, 그러니까 애들이 기대심을 품게 될 만한 일들은 죄다 해버리면서 말은 어떻게 그렇게 할 수가 있어요. 기대하지 말라고. 어떻게 기대하지 않을 수가 있어요, 이모한테. 그렇게 입 밖으로 내고 싶었는데 할 수가 없었다.

"근데 아줌마는 기대하게 만들기 분야에선 거의 탑인데요?" 갑자기 상미가 끼어들었다. "완전 탑. 오늘 뭐 먹을까? 오늘 후식은 뭘까? 아줌마는 오늘 또 무슨 이상한 얘길 할까?"

"그래? 기대가 돼?"

"그럼요. 안 된다면 그게 거짓말이죠."

"그럼 이제부터 기대하지 마."

"이미 세뇌돼서 어쩔 수 없어요."

둘이서 그렇게 짧은 말을 주고받을 때, 유주가 불쑥 끼어

들었다.

"이모."

"응?"

"근데 이모는 왜 저희한테 잘해줘요?"

9

시시껄렁한 이야기를 하며 웃을 수 있는 누군가가 옆에
있지 않으면 이때다 싶어 득달같이, 승냥이처럼 달려드는
기억들이 있다. 그것은 때로 멈춘 스틸컷이고, 때로는 움직
이는 영상이며 가끔은 오디오만 남아 있다. 몸이 아주 힘들
고 머리가 멍해질 때면 그 일이 스스로를 텍스트로 기술하
여 허공을 백지 삼아 둥둥 떠다닐 때도 있다. 떠다니면서 몸
을 이리 꼬고 저리 꼬며 자신의 주인, 기억하는 사람을 놀리
고 비웃고 괴롭힌다. 그걸 평생 발목에 묶고 덜그럭대며 걸
어야만 한다. 족쇄는 죄인이 차는 것이 아니던가? 나는 죄
인이 아닌데 왜 이토록 무거운 것을 내 몸에 붙이고 살아야

하는가? 그것은 어린 진영이 평생을 두고 구하고자 했던 해답이었다. 지금은 그것조차 시들하게 희망을 뺏겨 아주 깊은 어둠 속에 묻어놓고 말았지만.

다른 집의 아버지는 딸의 몸을 마음대로 만지지 않는다는 것을 처음 알게 된 것은 열두 살 무렵이었다. 진영이 기억하기론 그랬다. 그전에는 몰랐다. 다들 그러는 줄 알았다. 등교하면 놀기 바빴고, 지금 이 순간에 재미있고 재미없고 즐겁고 즐겁지 않고 신나고 그렇지 않은 일들에 대해서만 이야기하느라 과거나 미래에 대한 일들을 꺼낼 새가 없었으니까. 너 금 밟았어! 여기로 던져! 아이, 왜 나는 자꾸 금방 죽는 거야! 그런 말들만 해도 하루는 벅차도록 금세 흘러갔다. 교실에서 훔쳐 온 작은 분필로 골목길의 아스팔트 바닥에 네모를, 세모를, 1부터 8까지의 숫자를 그려 넣고 목소리를 높여 소리치며 뛰어다니는 동안에는 집에서의 일들이 물 탄 가루약처럼 덜 쓰게 변하곤 했다. 그러니까, 진영이 집에서 어떤 일들이 일어나는지 처음 입 밖으로 꺼내게 된 것은 몸을 움직이는 일이 조금 줄어들고 고무줄놀이나 땅따먹기, 오재미의 시시함을 슬슬 알게 된 그 무렵이었던 것이다.

열두 살에 미희라는 아이를 만났다. 전학을 온 지 일주일

만에 예쁘다고 소문이 파다하게 퍼진 아이. 열일곱 살짜리 고등학생 오빠랑 사귄다고 했다. 어느 저녁 즈음에 진영도 그 오빠를 본 적이 있었다. 그 오빠의 무릎에 걸터앉은 미희도 함께. 땅거미가 내려앉은 옆 학교 교정에서, 2년 전 전교에서 그림 좀 그린다며 차출된 아이들이 매달려 완성한 지극히 어린이스럽고 온건한 벽화 앞에서. 그 둘이 서로의 입술을 빨고 살을 부비는 것을 본 적도 있었다. 그랬던 미희가 진영에게 처음 이야기해 주었다. 야, 너네 아빠 좆나 변태 같은데? 씨발, 아빠가 만지면 나는 더러워서 뒈질걸? 진영에게는 충격이었다. 고등학생 오빠와 아무렇지 않게 혀를 섞는 미희조차 더러워서 뒈진다고 표현하는 일을 자신은 매일 겪고 있다는 사실이.

그러니까, 그게 너무나 애매했던 것이다. 처음 월경을 시작했을 때 꽃과 케이크를 사 오는 자상하디자상한 자신의 이미지에 흠뻑 취한 남훈이 자신이 뿜은 정액으로부터 태어난 딸의 가슴과 엉덩이를 자기의 것이라고 주장하는 것이 과연 이상한 일인가? 우리 딸내미 얼마나 컸는지 보자, 하며 가슴을 주무르거나 꼭 껴안곤 혀를 내밀어 입술이며 볼에 침을 묻히는 행위에 화를 내거나 두려워하면 그것은 자식 된 도리라고 볼 수 없는가? 누군가 사타구니를 더듬는 것에 놀라 잠에서 설핏 깼을 때 남훈은 응, 괜찮아, 아빠야 아빠, 하고 말했다. 안심하라는 투로. 아빠가 사타구니를 더 듬으면 그것은 안심해도 좋은 것인가? 언제나 우리 딸, 사랑하는 우리 딸, 세상에서 제일 예쁜 우리 딸, 하고 입버릇처럼 외고 다니는, 그래서 동네 아줌마들이 세상에 저런 남편 없고 저런 아버지 없다며 감탄하는 남훈이 내미는 손길은 모두 자기 새끼에 대한 사랑에서 비롯된 것인가? 그러니 감내해야 하는가?

남훈이 얼마나 좋은 아버지인지 가장 열렬한 증인이자 지지자가 되어주는 것은 정수였다. 남훈의 아내, 진영의 어머니. 한 집 건너 한 집마다 빨간딱지가 붙고 남편의 직장이며 지위를 들먹여 사모님 소리를 듣던 친구들이 우르르 무너져 내릴 때 정수는 배를 잡고 웃었다. 모두에게 복수를 한 것만 같아서. 여자애한테 그렇게 공부를 시키고 돈을 처발랐는데도 고작 잡은 것이 말단 공무원이냐는 주위의 비웃음과 부모의 분통에 이제야 복수를 한 것 같아서. 울먹이고 신음하는 사람들 사이에서 절대 잃지 않을 일자리를 가지고 있는 남편이, 가끔은 꽃까지 들고 오는 남편이 이제야 빛을 발하는 것 같았다. 이렇게 좋은 남자가 또 있을까? 남훈은 물건을 던지지도 욕을 하지도 때리지도 않았다. 술을 마시지도 담배를 피우지도 외박을 하지도 않았다. 정수를 자주 안아 주었다. 남들의 비극을, 그리고 무엇보다 정수 자신이 자란 방식을 보란 듯 거스르는 남훈은 천생 로맨티시스트였다. 하늘이 내려준 남자. 갓 낳은 딸을 안고 남훈이 울음을 터뜨렸을 때 정수는 농담조로 이야기했었다. 내가 더 예뻐, 걔가 더 예뻐? 언제나 누군가의 애정에 목말랐던 삶, 내내 못생기고 뚱뚱한 아이였던 삶, 집조차 완벽한 안식처가 아니고 부모는 폭력을 휘두르는 타인에 불과했던 삶을 일거에 보상받을 수 있었던 이유가 남훈의 존재였다. 남훈이 아닌 누군가 자신을 사랑하는 것을 상상할 수도, 남훈이 아닌 누군가를 자신이 사랑하는 것을 상상할 수도 없었다.

어쩌면 저렇게 단단하고 올바른 사람으로 자랐을까? 남훈을 볼 때마다 경이로웠다. 남훈은 세 살 때 어머니를 잃었다고 했다. 엄마의 사랑이 너무 그리워. 엄마가 해주는 밥을 한 번만 먹을 수 있다면 소원이 없을 텐데. 엄마가 보고 싶어. 엄마, 엄마…… 그 언젠가 정수의 품에 안겨 남훈이 울 때 정수는, 역경을 딛고 반듯하게 성장한 이 남자의 엄마가 된다는 상상에 휩싸였다. 그것은 황홀경이었다. 내가 너를 지켜줄게. 내가 너를 보호해 주고 아껴줄게. 너는 나를 구원했으니까. 너의 존재가 나의 존재이니까. 정수는 왼쪽 젖꼭

지를 빼는 남훈의 머리를 쓰다듬으며 웃었다. 정수가 가장 좋아하는 애무였다.

진영은 미희의 집에 사흘 동안 머물렀다. 집에는 메모 한 장만 덩그러니 남겨놓은 상태였다. 뭐라고 써야 할지 메모지 앞에서 두 시간을 고민했었다. 아빠가 만지는 게 싫어요? 아빠가 싫어서 나가요? 저를 찾지 마세요? 그렇게 두 시간을 우두커니 생각만 하다가, 미희가 말했던 것이 생각났다. 야, 너네 아빠 좆나 변태 같은데? 아무리 생각해도 미희의 언어보다 더 적확한 어휘를 찾을 수가 없었다. 무엇보다 자신이 느끼는 두려움과 껄끄러움이 자신의 탓도, 자신만의 것도 아니라는 것을 그 아이가 처음 알게 해주었기에 미희의 어휘를 빌려 이렇게 적었다. 아빠에게. 저는 아빠가 제게 변태 같은 짓을 하는 것이 싫어서 나갑니다. 평소엔 남훈이 시키는 대로 반말을 했는데 가출을 알리는 메모만큼은 존대를 해야 할 것만 같았다.

미희는 학교에 가지 말라고 했다. 야, 바보냐? 네가 없어지면 제일 먼저 학교에 연락하지 않겠냐? 학교에서 죽치고 있을걸? 하룻밤 만에 끝낼 거면 그게 가출이야? 진영이 망설이자 선심 쓴다는 듯 말했다. 야! 나도 안 갈게. 그럼 되지? 안 가고 너랑 같이 있을게. 그럼 좀 안심이 돼? 그래서 둘 다 가지 않았다. 혼자 딸을 키운다는 미희의 엄마는 친구가 가출해서 집에 데려왔다는 말에도, 학교는 며칠 쉬겠다는 말에도 똑같은 대답뿐이었다. 맘대로 하렴. 미희가 몸을 굽혀 진영의 귀에 대고 속삭였다. 야, 우리 엄마 좆나 멋있지 않냐?

그렇게 좆나 좋은 날들이 흘러갔다. 이틀째엔 미희의 남자 친구가 집에 놀러 오기도 했다. 놀러 와서는 진영이 보는 앞에서 아무렇지 않게 혀를 미희의 입에 집어넣고 살을 만졌다. 놀라는 기색을 보이지 말자고 진영은 생각했다. 센 척해야 돼, 안 그럼 저들이 비웃을 거야. 미희의 남자 친구는 진영을 보고, 너 이번 주말에 나랑 미희랑 내 친구랑 같이 노래방 갈래? 라고 물었다. 진영이 고개를 끄덕였다. 미희는 신난다고 말했다. 미희의 남자 친구가 화장실에 간 사이 진영은 미희에게 물었다. 남친이랑 침 섞는 건 안 더럽고 느낌이 좋아? 미희는 픽 웃더니 대답했다. 주말에 오빠 친구랑 해봐, 안 해보고 어떻게 알아.

결국 노래방에는 가지 못했다. 오빠 친구도 만나지 못했다. 사흘째 되는 날 남훈과 정수가 미희의 집을 찾아왔다. 둘이서 사흘을 연달아 결석하는 것을 본 담임이 주소를 일러준 모양이었다. 남훈과 정수가 도착했을 때, 진영은 처음으로 담배를 피워보던 참이었다. 미희가 꺼낸 담배를 입에 물고 라이터로 불을 붙였다. 몇 번을 연습해도 진영은 돌만 굴릴 뿐이었는데 미희는 어떻게 그렇게 쉽게 척척 불꽃을 뿜는지 정말 모를 일이었다. 기침을 하지 않으려 안간힘을 써서 얼굴이 빨개졌다. 입을 댔다가 연기를 뿜어내자 미희가 낄낄 웃으며 말했다. 야, 역시 그럴 줄 알았어. 그렇게 피우는 거 아니거든? 연기를 가슴까지 안으로 쭉 들이켜. 그다음에 내뿜는 거야. 입에 살짝 넣었다가 바로 뱉는 게 아니라. 그렇게 피우면 그게 담배냐?

그렇게 마주 앉아서 서로의 얼굴에 연기를 뿜고 있었다. 내가 지금 뭘 하고 있고, 앞으로는 어떻게 될까? 진영은 두렵고 겁이 왈칵 나는 자신이 부끄러웠다. 미희처럼 아무렇지 않을 수 없을 것 같았다. 오빠들이랑 노래방에서 술도 마실 거라고 미희는 말했다. 술도 마시고, 담배도 피우고, 혀로 서로를 핥고. 미희는 세상에 술도 담배도 남자도 모르고 어떻게 지금껏 인생을 살아왔냐는 투였고 진영은 미희에게 지고 싶지 않아서, 약해 보이고 싶지 않아서 혼란스럽지만 다 좋은 척했다.

그때 남훈과 정수가 초인종을 눌렀다. 현관문 렌즈로 밖

을 내다본 미희가 낮게 내뱉었다. 야, 씨발, 좆됐다. 저거 너
네 엄마 아빠 맞지?

진영은 대답했다.

미희야…… 내가 부른 거 아니야.

남훈이 담임에게 뭐라고 이야기했는지 진영은 알지 못했
다. 다만 손을 들고 벌을 서고 있던 등 뒤에서 선생들끼리
이런 말을 하는 것은 들었다.

"근데 아버님이 정말 젠틀하시더라."

"그러니까요. 보통 부모였으면 친구 잘못 사귀었다고 길
길이 날뛰고 탓하고 그랬을 텐데."

"딱 말씀하시잖아요, 제가 아이를 잘못 키웠습니다, 죄송
합니다, 라고."

"쟤도 알고 보니까 은근 맹랑하긴 하네요."

"뭐, 저 나이 때 그런 사고 한 번쯤은 치지 않나?"

"솔직히 조미희 걔가 물 다 흐리는 거죠."

"그런 애들이 나중에 배불러서 자퇴하고 그러는 거야. 싹
수가 노랗잖아. 교복 입고 원조교제나 안 하면 다행이지."

"걔 엄마 술집 한다면서요."

"술집은 아니고, 저기 먹자골목에 치킨집이라는데요."

"아니, 술 팔면 다 술집 아닌가. 해 떨어지면 치킨집이 술집 되는 거지."

"걔 엄마 학교에 온 적은 있어요?"

"아니요, 한 번도 못 봤어요. 첫날에도, 학부모 총회 때도 안 왔고."

"거봐, 애가 그러는 데는 다 이유가 있다니까. 애는 부모의 거울이라 안 하나."

미희는 학생부에서 엎드려뻗쳐를 하고 몇 대를 맞았다고 했다. 복도를 지나갈 때마다 진영의 어깨를 일부러 밀쳤다. 미희가 부른 중학생 언니들이 교문 앞에서 진영을 기다렸다. 남훈이 그걸 알고는 경찰에 신고해서 중학생 언니들이 줄줄이 잡혀가 훈방 조치를 받았다. 그 후로는 아무도 진영에게 그 어떤 말도 걸지 않았다. 반 애들이 모두 진영을 없는 사람 대하듯 굴었다.

왜 집을 나갔냐는 담임의 물음에 진영은 솔직하게 이야기했다.

아빠가 만져서요.

담임은 입을 다물었다. 진영은 담임이 잠시 숨을 고르고 나서 무언가를 이야기해 줄 거라고 생각했다. 남훈이 어떤 행동을 했는지를 묻고, 그때 진영의 기분이 어땠는지를 묻

고, 이럴 때 어디에 신고하고 누구의 도움을 어떻게 받아야
할지 알려줄 거라고 생각했다. 담임은 배운 어른이니까. 그
리고 20년이 넘는 세월 동안 그 말에 대한 답을 다시는 듣
지 못했다.

귀찮았나 보다.
얼마 전에야 진영은 그렇게 결론을 내렸다.
그 사람은 귀찮았나 보다. 몇 달 지나면 평생 보지 않아
도 되는 어린애한테 무언가를 해주기가.

남훈은 진영의 앞에서 눈물을 뚝뚝 흘렸다. 어떻게 아빠
를 그렇게 생각할 수가 있니? 묻는 입에 침이 흥건했다. 말
을 하면 되잖아, 말을. 아빠가 딸 사춘기 온 것도 이해 못
할 사람으로 보였니? 어린애처럼 취급하는 게 싫다고 말만
한 마디 했으면 아빠가 다 이해했을 거잖아. 그런데 어떻게
이럴 수가 있니? 아빠 가슴에 대못을 박을 수가 있니? 아
빠가 그렇게 잘못했니? 내 딸이…… 내 딸이 내 딸이 아닌
것 같아. 남훈은 그렇게 말하며 울었고, 진영이 대답하지 않
자 가슴을 쳤다. 그래, 내 잘못이다. 다 아빠 잘못이야, 씨
발, 내가 죽일 놈이지…… 그렇지. 정말 미안하다. 뭐가 미

안한지 모르겠지만 미안해. 내 딸아, 아빠를 용서해. 그런데 말이야, 태어났을 때부터 기저귀 다 갈아주고 입으로 콧물 빨아주고 그랬던 내 새끼가 나한테 이런 짓을 저지른다는 게 난 정말 견딜 수가 없다, 딸아. 너는 아빠를 사랑하잖아. 왜 그러는 거니? 예쁜 내 딸이었는데. 죽고 싶다, 딸아. 죽고 싶어…….

　화를 내거나 물건을 엎거나 자신을 때렸다면 이 정도로 무섭지는 않았을 것 같았다. 가슴을 치는 남훈의 앞에서 진영은 빳빳하게 얼어 있었다. 아빠라는 단어가 불쑥불쑥 튀어나오는 게 가장 두려웠다. 너를 키운 아빠니까, 라는 말로 모든 행위에 면죄부를 줄 수 있다고 남훈은 생각하는 것만 같았다. 무엇보다 남훈은 그것이 잘못되었다는 것을 전혀 인지하지 못한 듯 보였다. 딸의 가슴과 엉덩이, 사타구니 같은 것들이 자기 소유가 아니라는 사실, 맘대로 주무르는 것이 아니라는 사실을 알지 못하는 생물학적 아버지는 아빠라고 불릴 수 있을까? 그저 몹시 가까운 거리에 있어서 더욱 위협적일 성인 남성이 아닐까? 누군가 나 대신 고민하고 나 대신 대답해 주었으면. 진영은 속으로 빌었다. 정답을 주었으면. 남훈은 미안하다고 말했지만 그 본심에는 그저 진영이 오해한 것에 대한 관용뿐이었다. 남훈은 이야기를 나

눕혔어야 했다고 말했지만 가까이 다가가면 다짜고짜 엉덩이를 주무르며 흐뭇한 미소를 지을 사람에게 어린 진영이 무슨 말을 어떻게 할 수 있겠는가?

정수는 진영에게 낳아주고 키워준 은혜도 모르는 년이라고 다그쳤다. 어디서 그따위로 거짓말을 하고 키워준 아버지를 나쁜 사람으로 만들어?

왜 어른들은 아이의 상처를 오해나 거짓말이라고만 생각할까? 그런 어른에게 하루하루를 의지할 수밖에 없는 아이의 삶은 얼마나 비참하고 절망적인가? 자기 생의 첫 어른이자 가장 큰 어른에게 상처받은 아이는 어디로 가야 하나? 어디에서 치료받아야 하나?

정말?
다 큰 진영의 안에서 어리고 작은 진영이 물었다.
정말 그것 때문에 애들에게 잘해주는 거야?
남편이 살리고 대신 죽은 그 애라서가 아니고?
네 갈 곳 잃은 가여운 애정을 대신 발휘할 수 있는 대상이라서가 아니고? 그렇게 그 애에게 중요한 사람이 되어 그 인생을 네 맘대로 좌지우지하고 싶어서가 아니고?

스스로에게까지 거짓말을 하는 거야?

진영은 아이들과 가로등이 밝은 거리까지 손을 잡고 나
왔다.

"이제 집에 가야지. 오늘만 있는 게 아니잖아? 내일도, 모
레도 있고."

유주와 상미는 서로 손을 흔들어 인사를 했다. 안녕, 안
녕. 유주가 아쉬운 소리를 내기도 했다.

"그래서 결국 이모는 또 아무 얘기도 안 해주고."

그러자 상미가 었었다.

"맞아, 혼자 신비주의 오져요, 정말."

"상미야, 나는 오진다는 말이 정말 듣기 싫더라."

진영의 말에 상미가 또 었었다.

"아줌마, 그거 욕 아니거든요? 표준어거든요?"

"아이고, 알았다 그래." 진영이 웃었다. "얼른 들어가. 나
도 집에 가야지, 이제."

집에.

남훈이 기다리는 곳에.

10

계절의 변화는 해가 지날수록 가팔라진다. 이제 더는 은
근하지도 섬세하지도 않게, 차라리 사뭇 폭력적이라고 해야
할 만큼 거세게 이루어진다. 무언가를 먹을 때마다 땀을 뻘
뻘 흘리는 진영을 보고 두 아이가 놀라던 그 여름은 더웠던
만큼이나 미련을 두고 질척거리는 듯 10월이 반쯤 지나서도
발을 떼어놓지 않았다. 그러더니 어느 밤 가을비라는 낭만
적 단어의 존재가 무색하도록 끔찍한 돌풍과 폭우가 몰아
쳤고 그 후엔 찬바람이 온 동네를 휘젓기 시작했다.

백만 원이 입금되었다는 알림이 진영의 핸드폰에 떴다.
입금자는 남훈이었다. 진영은 밥을 그릇에 담다 말고 거실

에 앉아 있는 남훈을 바라보았다. 남훈이 천천히 보안카드를 다시 지갑 속에 넣고는 진영을 똑바로 응시하며 입을 열었다.

"용돈 넣었다."

진영은 아무 대답도 하지 않고 다시 밥솥으로 고개를 돌렸다. 매달 반복되는 남훈의 의식에 장단을 맞춰주고 싶지 않았다. 소유권인지 애정인지, 아니면 둘 다인지 애매모호한 이유로 남편이 죽은 그때부터 계속되어 오던 의식. 이런 거 필요 없어요. 첫 달 흰 봉투에 손도 대지 않고 진영이 등을 돌린 후 남훈은 항상 매달 같은 날 같은 시각에, 꼭 진영과 함께 있을 때 진영의 계좌로 백만 원을 보내곤 했다.

아니, 사실 필요 없지 않았다. 돈이 필요했고 그걸 생각하면 체기가 올라왔다. 그 언젠가 인터넷에 자신의 사연을 이리저리 조금씩 각색해 올리며 조언을 구한 적이 있었다. 사람들의 댓글은 죄다 진영을 탓하는 것뿐이었다. 님이 돈 벌어서 독립하면 되지, 같이 살고 싶지 않다면서 그 상황을 벗어나기 위한 노력은 하지 않으면 뭘 어떻게 조언해 달라는 건가요? 노력은 하지 않고 탓만 하는 건가요? 자본주의 사회에서 굶어 죽는 것은 흔치 않은 일입니다. 누군가는 좀 더 원색적인 댓글을 달았다. 꿀 빠네. 팔다리는 성해가지고.

남이 벌어주는 돈만 받으며 산 티가 확 나네.

맞지, 뭐. 그 댓글을 보고 반박할 수가 없어 한참 멍하니 모니터만 마주하고 있던 기억이 어렴풋했다. 남이 벌어주는 돈만 받으며…… 그렇지. 아버지인 남훈의 돈, 남편의 돈, 그리고 다시 과거의 남훈이 쌓아놓은 연금과 죽은 남편의 목숨값을 함께……. 결혼 전 1년짜리 계약직만 전전하던 이력서로는 어디에도 재취업을 할 수가 없어요, 라고 말해봤자 사람들은 이렇게 대답할 것이었다. 그렇게 싫으면 서빙 아르바이트라도 해요. 식당 아줌마라도 해요. 마트 캐셔라도 하면 되잖아? 그러니까, 아무리 괴로운 티를 내고 누군지 모를 불특정 다수에게 하소연해 봤자 돌아오는 것은 나약한 자신에 대한 확언뿐이었다. 그리고 진영도 잘 알고 있었다. 자신에게 자립심이란 걸 키울 만한 심지도 능력도 결여되어 있다는 사실을. 너무나 잘 알아서 누군가 더 설명해 줄 필요가 없는 일이었다.

이미 퍼놓은 자신의 밥그릇에서 절반을 덜어내며 진영은 속으로만 말했다.

백만 원. 오늘은 고기를 먹여야겠어.

"수요일부터 학교에서 수련회 가요."

후식으로 나온 냉면을 이로 잘근잘근 씹어 끊으며 상미가 말했다.

"그래?"

"저는 안 가고요."

"그러니?"

"그럼요. 수련회비 안 줘서. 담임이 집에 전화 걸어서 별 협박을 다 했는데 우리 엄마 아빠한테 씨알이나 먹히겠어요? 괜히 저만 또 미운털 박혔어요. 근데 유주도 안 간대요. 잘됐어요. 혼자 안 가면 감독 쌤이랑 둘이 있어야 하는데 유주도 안 가니까 같이 놀면 될 것 같아요."

"안 가는 애 또 없을까? 우리 둘만이야?"

"나야 모르지. 우리 반에선 나 빼고 다 간대."

"우리 반도. 너는 수련회 안 가고 싶어?"

"수련회에 가서 뭘 하는 건지도 모르는데 가고 싶고 말고가 있겠냐. 한 번도 안 가봤는데. 넌 가봤어?"

"5학년 때 갔었지."

"가서 뭐 했는데?"

"뭐 반별로 체육 활동 하고 미션 주고 그러는데 나는 계속 빠졌어. 다리 때문에. 몸 엄청 움직이는 거 시키거든."

"아."

"그리고 밤에는 애들끼리 과자 먹고 노는데 나는 그때도 왕따라서 방에 혼자 있었어. 애들이 다 다른 방에서 만나기로 자기들끼리 약속을 했더라고. 나는 애들끼리 그런 약속을 한 줄도 몰랐다? 중간에 조교랑 선생님들이 점호할 때가 있었는데 그때만 슬쩍 돌아왔다가 점호 끝나자마자 다시 나갔어. 그래서 결국에 혼자 잤어."

"아⋯⋯."

"나 진짜 엄마 엄청 졸라서 그날 과자 많이 사 갔거든. 같이 먹을 사람이 한 명은 있겠지 했어. 근데 아무도 없어서 다 남겨 왔어. 엄마가 다신 안 사준다고 그러더라."

"야, 안 가는 게 낫네, 뭐."

"어. 그래서 이번엔 내가 안 신청했어. 어차피 이번에도 가면 혼자 놀 거 너무 뻔하니까. 근데 그거 때문에 담임이 세 번 불렀잖아. 수련회 가면 안 되냐고."

"왜 그런 줄 아냐?"

"왜?"

"누구 하나 안 가면 귀찮으니까 그래. 서류랑 출결 처리랑 그런 게 귀찮대."

"아, 그래?"

"어. 담임한테 직접 들은 얘기라 백 프로 정확해. 나보고 그러더라? 다 그런 데 가서 친구 사귀는 거라고, 혼자 겉돌지 말고 먼저 마음을 열고 다가가보라고."

"야, 진짜 무책임하다. 왜 네 탓을 해?"

"나야 뭐 늘 있는 일이라. 나머지 탓하는 것보다 한 명 탓하는 게 훨씬 간편하잖아."

진영은 생각했다. 지금도 어른들은 그때의 나를 보듯 이 아이들을 귀찮게 여기는구나…….

"아줌마, 우리 수련회 해요."

"응?"

"우리한텐 숙소도 있잖아요. 여기, 반도 고시원."

"좁아터진 데서 어떻게 수련회를 하니. 뭐 셋이서 새우처럼 구부리고 자면 잘 수야 있겠다만."

"우리 진짜 하면 안 돼요?"

"너희들 집에서 잘도 허락하시겠다. 뭐라고 하고 자러 나올 수 있겠니?"

"아."

"나는 아무리 생각해도 모르겠어. 아이디어 없어. 세상 어느 부모님이 모르는 아줌마랑 고시원에서 잠자는 걸 허락하겠어?"

"가출하면 되죠, 이모."

"응?"

"2박 3일로 가출해서 고시원에 있는 거예요."

"야, 유주 너 대박이다. 너한테 이런 깡이 있었어? 아줌마, 얘 무서운 애네요."

"이모, 안 돼요?"

"모르겠다. 난 책임 못 져."

"귀찮아서 그래요? 담임들처럼?"

"나 그런 사람 아니거든? 그게 아니고……."

"이모는 평소처럼 놀다가 저녁에 집에 가도 돼요. 저희 둘이서 자면 되죠."

"너희 둘이선 위험해."

"방문 잘 잠그고 잘 건데 뭐가 위험해요."

"무서운 중2들이구만."

"자주적이고 당찬 중2라고 해주세요."

"오늘 유주는 우리가 알던 그 유주가 아닌데? 안 그러니, 상미야? 유주 왜 이렇게 멋있어?"

"그러니까요."

유주는 그냥 진영과 상미 앞에서 큰사람으로 보이고 싶다는 욕심 하나로 꺼낸 말이었다. 나도 상미처럼 아무 말이나 막 해보면 어떻게 될까? 생각하고 느끼는 그대로를 거르지 않고 말해보면 무슨 일이 일어날까? 진영은 그런 상미를 더욱 아끼고 재미있어하는 것 같으니까 나도 그렇게 말해보면 어떨까…… 하는 궁금증과 욕심.

진영이 눈을 휘둥그레 떠서 좋았다. 무서운 중2라고도 하고, 멋있다고도 해줘서. 정말로 여기서 이틀이나 잘 수 있을지에 대해서는 분명 확신이 없었던 것 같은데, 막상 진영이 그런 표정으로 그런 반응을 보여주니 할 수 있을 것 같았다. 이제 와서 말을 무르고 싶지 않았다.

"그럴까, 그럼? 아줌마, 그래도 돼요?"

"아님 그냥 나도 너희랑 같이 잘까 봐. 걱정돼서."

"그러면 더 좋죠!"

"와! 좋아요!"

"나 잡혀가는 거 아니니? 너희 부모님이 신고하시는 거 아니야?"

"에이, 안 들키면 되죠. 그리고 잡혀가면 유주랑 제가 다 보호할 거 아니에요. 아줌마는 좋은 사람이라고."

"글쎄다, 어른들이 네 말 안 믿는 거 도서관에서 이미 충분히 봤잖아."

"아, 그래요. 그럼 그냥 안 들키고 안 잡히면 되잖아요."

"이모, 우리가 조심할게요."

"그래요, 우리가 조심할게요. 그리고 우리끼리도 아니고, 아줌마도 같이 자게 되면 어른이 인솔하는 거잖아요. 우리 이러다 평생 수련회 못 가고 어른 돼요."

챙길 것이 생각보다 많았다. 세면도구와 속옷, 양말, 매일 갈아입을 옷. 평소 얼굴에 바르는 로션은 넣지 않았다. 진영이 다른 걸 써보자고 했기 때문이었다. 네 피부에 맞지 않는 걸 발라서 얼굴이 이렇게 허옇게 트는 거야. 피부가 약하다는 상미의 말에 진영이 고개를 저으며 했던 대답이었다. 무슨 로션을 쓰니? 몰라요. 그냥 엄마가 가져오는 거요. 어디서 가져오는 건지 잘 모르겠어요. 거의 다 샘플이에요. 쪼그만 거.

가방은 금세 빵빵해졌다. 진영이 수건은 따로 챙겨 오지 않아도 된다고 했지만 혹시 몰라 한 장을 아무도 몰래 집어와 넣었다. 집에 딱 하나 있는 헤어드라이어를 챙기면 엄마가 출근 준비를 할 수 있을까? 엄마의 편의를 봐주고 싶진 않았지만 가져갈 마음은 접었다. 어차피 그냥 말리면 될 터였다. 이럴 땐 유주의 짧은 머리가 부러웠다. 3일 동안 학교엔 교복을 입고 가야 하는데, 와이셔츠 하나로 괜찮을지도 고민했다. 이미 가방이 터질 것 같아서 더 넣지 않았다. 어차피 4교시까지만 자습을 하고 점심 급식도 하지 않은 채 하교한다고 했으니, 사흘을 입어도 괜찮을 것이었다. 그 얘길 듣고 신이 나서 혼자 공책에 매일 점심 저녁으로 무얼 먹고 싶은지 적어놓았다. 좋아하는 음식으로만 가득한 식단표를 짜는 기분이었다. 내가 학교 영양사가 된다면 이렇게만 메뉴를 짤 텐데. 다들 엄청 좋아할 텐데.

커서 무엇이 된다면, 하고 상상했던 것이 언제였던가.

용돈이 정말 오랜만에 생겼다. 할머니를 뵌다며 유주의 집에 들렀던 큰아버지가 억지로 쥐여준 돈이었다. 아니, 억지로는 아니었다. 유주는 그 돈을 정말로 갖고 싶었다. 억지로 받는 것처럼 보이기 위해 애를 썼을 뿐이었다. 그래야 엄마가 빼앗지 않을 것 같았다. 그래야 그 돈이 자신의 것이 될 것 같았다. 그 돈으로 새 화장품을 잔뜩 샀다. 또래들은 이미 한참 전에 화장을 시작했다. 매일같이 손바닥 다섯 개를 겹쳐놓은 것처럼 크고 두툼한 파우치를 들고 다니는 아이들도 많았다. 저승사자같이 얼룩덜룩한 얼굴을 가만히 보고 있노라면 그 서투름이 우습고 내가 해도 저것보단 잘하겠다, 라는 생각이 들기도 했지만 유주는 서투르게나마 찍어 바를 수도 없었다. 왕따 주제에 깝친다고 욕먹을 게 뻔해서. 그래서 가끔 자기 방에서 몰래 아이라인을 그리고 아이 섀도로 눈두덩을 색칠해 보았다. 그러고는 아무도 보지 못하게 손으로 얼굴을 가리곤 화장실로 기우뚱대며 들어가 세수를 했다. 엄마가 화장을 어떻게 지우는지 몰라도 큰 욕실에는 클렌징폼 외에 아무것도 없었다. 아마 화장을 지울 수 있는 것들은 안방에 딸린 작은 욕실에 있을 터였다. 유주는 그냥 클렌징폼으로 벅벅 얼굴을 문질렀다. 아무리 세게 오랫동안 문질러도 거품은 계속 거무죽죽했다. 결국엔 깨끗하게 씻기를 포기하고, 수건으로 대충 물기를 닦은 채 나오곤 했다.

상미랑 화장을 해보고 싶었다. 진영도 어른이니까 뭔가를 가르쳐줄 수 있겠지 싶었다. 진영을 마주할 때마다 단정하게 그린 눈썹이나 모공에 끼이지 않게 바른 파운데이션 같은 것에 눈길이 갔다.

"이모는 화장 자연스럽게 잘하던데?"

어느 날 상미에게 그렇게 말했을 때 상미는 대수롭지 않다는 듯 대답했다.

"그러니까 결혼도 했었겠지."

"이모가 결혼을 했었대?"

"응. 근데 남편이 죽었다고 그랬어."

154

"헐, 몰랐어."

"그니까. 나 그때 완전 당황해서 무슨 말도 못했잖아. 죄송하다고만 했어."

"그랬구나."

"어쨌든, 연애도 했으니까 결혼도 했을 거 아냐."

"그렇지."

"그럼 연애할 때 화장도 했겠지."

"그렇겠네."

3일간 이모한테 화장을 배우는 시간을 가져봐도 괜찮겠다고 유주는 생각했다. 수련회니까, 프로그램이 있어야 할 거 아냐. 그렇게 합리화하곤 자기가 생각해도 기가 막혀 웃었다. 그러다 자기 웃는 소리에 지레 놀라 멈추었다.

세 번째 가출이구나. 진영은 밑반찬을 담은 플라스틱 용기들을 냉장고에 밀어 넣었다. 과연 이걸 남훈이 알아서 챙겨 먹을지는 의심이 들었지만 아버지를 굶긴다는 말을 듣고 싶지도, 가지고 싶지 않은 죄책감에 매몰되는 걸 원치도 않았다. 반쯤 잊고 살았던 첫 번째 가출을 요 근래 많이 떠올려서인지 이틀 내내 똑같은 꿈을 꿨다. 남훈과 정수가 고시원의 문을 두드린다. 아이들이 놀라서 벌떡 일어선다. 씨발, 좆됐다. 상미가 말하고, 이모, 이모 때문에 우리 다 걸리는 거 아니냐고, 그렇게 말하는 건 유주다. 숨고 싶은데 작은 고시원 방 안에는 숨을 곳이 없고, 남훈이 덜그럭대며 문고리를 계속해서 돌린다. 나와, 안에 있는 거 다 알아. 남훈은 그렇게 말하고 또 이렇게 덧붙인다. 정말 미안하다. 뭐가 미안한지 모르겠지만 미안해. 그 말이 진영은 무섭고, 듣고 싶지 않다. 미안하다는 말을 면죄부로 여기는 사람이 그 언어를 남용하는 것이 싫다. 그 옆에서 정수가 외친다. 은혜도 모르는 년! 그러면 꿈을 꾸는 와중에도 진영은 이것이 꿈이라는 것을 알게 된다. 정수는 죽었으니까. 죽은 정수가 반도 고시원에 찾아올 수는 없으니까. 이건 꿈이야. 난 깨고 싶어. 진영이 소리친다. 엄마는 죽었잖아! 그러면 일제히, 모든 사람들이 상미와 유주와 남훈과 정수가 자신을 바라본다. 죽은 사람이 어떻게 살아 돌아와. 어떻게 나한테 말을 해. 꿈인 거 나 다 알거든. 그러니까 이제 그만 깨게 해줘. 일어날 거야. 그래도 잠은 쉬이 끝나지 않는다. 가끔은 몸부림을 칠 때도 있고, 언젠가는 자기도 모르게 혀끝을 살짝 깨물기도 했다. 그렇게 하고 나서야 진영은 눈을 번쩍 뜬다. 그렇게 끝나는 꿈.

　누군가에게 고민을 털어놓고 싶었다. 좋은 조언을 해줄

수 있는, 자신보다 더 큰 어른에게. 살아오면서 한 번도 가지지 못했던 대상에게.

조금 겁이 나요. 착한 어른 놀이를 이렇게까지 하고 싶진 않았는데 두 아이들은 점점 더 많은 것을 원하는 것 같아요. 이런 장난이 자칫 잘못하면 모든 사람에게 상처를 줄 수 있다는 걸 과연 어린아이들이 알까요? 상상력에서부터 겁과 공포가 나온다는데, 가끔은 다른 사람과 다르게 나는 나이가 들수록 상상력이 더 비대해지는 건 아닐까, 하는 생각도 들어요. 그만큼이나 겁이 나요. 철없는 어른처럼 행동하고 있지만 저는 연극을 하고 있고, 무엇보다, 그 무엇보다.

과연 유주가 저와 무슨 관계인지 사람들이 알게 된다면 저는 어떤 말들을 들을까요. 저도 제 마음을 이해하지 못하고 무슨 생각을 하는지 도통 알 수가 없는데 사람들은 뭐라고 말할까요. 무슨 꿍꿍이로 접근한 거냐고 궁금해하겠죠……. 저는 유주가 계곡의 그 아이라는 걸 점점 잊고 있는데 사람들은 절대 믿지 않을 테고.

11

자꾸 실없이 킥킥대게 되었다. 교실에 들어서자마자 서로
의 빵빵한 가방을 보고 터진 폭소가 멈추는 데도 퍽 오래
걸렸다. 감독은 어린 선생이었는데, 그가 나갈 때마다 가방
을 열고 이거 봐, 나는 이걸 가져왔는데 야, 너는 어떻게 그
런 걸 가져왔냐, 하고 들썩거릴 수밖에 없었다. 유주의 화장
품을 보고 상미가 눈을 잠시 반짝였다. 정작 상미는, 나는
가져올 수 있는 게 별로 없어서…… 하고 말을 흐렸다. 상
미가 챙겨 온 티셔츠 중에는 '제5회 소포리 주민 장기자랑'
이라고 쓰여 있는 게 있었고 그걸 본 유주가 이거 완전 레
트로다 레트로, 라고 했다.

"몰라. 아빠가 어디서 가져온 티셔츠인데 맨날 잠옷으로 입는 거야."

"난 잠옷 이건데."

유주가 원피스를 펼쳤다.

"대박. 드라마냐, 드라마? 막 이거 입고 화장하고 속눈썹 붙이고 자야 할 것 같은데?"

"야, 난 완전 싫어. 공주병 같잖아. 맞다, 나 핸드폰도 놓고 왔어."

"아, 진짜?"

"어. 엄마한텐 어차피 수련회 가서 조교한테 뺏기니까 그냥 놓고 가겠다고 했어."

"왜 굳이?"

"집에서 위치 추적이라도 하면 어떡해."

"아, 그렇긴 하다."

"2G폰 가지고 할 것도 없고."

교실에는 유주와 상미 말고도 남자아이 하나가 더 있었는데 유주는 처음 보는 얼굴이었다. 하얀 피부 위에 여드름 자국이 조금 있고, 키는 유주와 상미보다 조금 작은 남자아이. 선생이 출석을 부를 때 남지호라는 이름을 처음 듣고 알았다.

"우리 말고도 수련회 안 가는 애가 있네."

유주가 말하자 상미가 유주에게 고개를 기울이라며 손짓을 했다. 영문을 모르고 귀를 갖다 대자, 상미가 속삭였다.

"쟤 5반 애잖아, 저번에 쓰러져서 구급차 왔던. 그 반 애들이 하는 말 들었는데 그냥 쓰러진 게 아니고 발작했대. 발작. 걔네 담임이 애들한테 말하지 말라고 했다는데 그 담임도 참 바보 아니냐? 그런 게 소문 안 날 거라고 어떻게 생각하지? 유주야, 너 사람이 발작하는 거 본 적 있어? 나도 아직 한 번도 못 봤어. 궁금하지 않아?"

그러더니 손으로 입을 가렸다. 교실 저쪽에 앉아 있는 지호는 두 팔 사이에 묻은 얼굴을 들지 않았다.

어떻게 그런 걸 궁금하다고 말할 수가 있지? 상미는 왜 손을 입으로 가리는 걸까? 설마, 웃는 걸까?

상미와 점점 가까워지면서 마음이 크게 불편해지는 경험을 할 때가 있었던 것은 사실이었다. 방학 동안 함께 점심을 먹을 때에도 가끔 그랬다. 입을 닦은 냅킨을 테이블 위에 아무렇게나 쌓아두거나, 맥도날드에서 다 먹은 쟁반을 분리수거하지 않고 그대로 두고 떠나려 하거나, 몹시 바빠 주문이 밀린 기사 식당에서 음식이 나오지 않는다며 신경질적으로 식기를 들어 테이블을 두드린다든가. 진영이 함께 있으면 그럴 때마다 바로바로 제지해 줘서 괜찮았다. 진영은 가벼운 말투로 상미를 나무라곤 했다.

"이상미, 또 이런다. 우리 상미가 나중에 일을 해봐야 알지. 손님들 눈치 보고 욕도 먹어봐야 아, 내가 그때 잘못을 참 많이 했구나, 싶겠지."

그러면 상미는 입을 비쭉대며 말했었다.

"저는 이게 잘못인 걸 몰라요. 아주 어렸을 때부터 엄마 아빠한테 받았던 가르침이 두 개 있어요. 하나는 손님이 내는 돈에는 서비스비도 무조건 포함이라고, 치우는 것도 다 돈으로 이미 지불한 거라고. 장사꾼들은 다 사기꾼이니까 친절하게 대할 필요 없다고 했어요. 두 번째는 물렁물렁하게 굴어봤자 아무도 알아주지 않는다고, 어차피 누군가는 너를 비웃고 못살게 굴 테니 네가 먼저 선수를 쳐야 갑질을 당하지 않을 거라고. 역지사지가 세상에서 제일 쓸데없는 사자성어래요. 그렇게 생각하며 사는 사람은 무조건 피해 보니까. 저는 그렇게 배우면서 살아왔어요. 그러니까 제가 이래요. 아줌마가 보기엔 어떤데요, 유주야, 네가 보기엔 또 어떤데?"

유주가 대답하지 못할 걸 알면서 그렇게 상미는 유주에게까지 묻곤 했다.

거기까지는 괜찮다고 생각해도 이건 아니었다. 문득 궁금했다. 만약 진영이 내게 말을 걸지 않았더라면, 그냥 학교 어딘가에서 처음 보는 나와 마주쳤다면, 쟤도 다른 애들처럼 나의 걸음걸이를 비웃고 따라 하지 않았을까? 그런 의문이 점점 확신으로 자라났다. 지호를 바라보는 상미를 보면서, 입을 가리고 수군대는 상미의 언뜻언뜻 보이는 입을 마주하면서.

시간이 지나도 감독 선생은 바뀌지 않았다. 아주 어려 보이는 사람이었다. 상미는 한 번도 그의 수업을 들은 적이 없었는데, 그는 고개를 푹 숙인 채 아이들과 눈을 마주치지 않았다. 내내 핸드폰 게임을 했다. 가끔 꾸벅꾸벅 졸기도 했고 그때마다 상미는 키들키들 웃었다.

핸드폰도 없고 책도 보기 싫으니 할 수 있는 것은 떠드는 일뿐이었다. 공책에 줄을 긋고 오목을 했지만 한 시간 반쯤 하고 나니 그것도 지쳤다. 머리에 쥐가 날 것 같았다. 그다음엔 필담을 했는데, 속도가 느리니 점점 그냥 입으로 소곤대게 되었다. 주로 진영에 대한 이야기들이었다. 아줌마는, 이모는 우리와 함께 있지 않을 땐 뭘 할까? 좋아하는 연예인은 있을까? 어렸을 땐 어떤 사람이었을까? 연애는 몇 번이나 했을까? 첫 키스는 몇 살 때? 그리고…… 언제까지 우리를 이렇게 챙겨줄까?

4교시가 끝난 후 둘은 걸어서 교문을 나갔다. 진영이 교문 앞에 서 있었다.

"어이, 중학생들. 첫 가출의 첫 점심을 먹으러 가는 기분이 어떤가?"

"첫 가출의 첫 점심……. 그렇게 거창한 목소리로 말하니까 엄청 대단한 걸 먹어야 할 것 같잖아요."

"얘, 너 모르니? 가출하면 밥 부실한 거? 우린 지금까지 먹은 모든 점심 중에서 가장 부실한 식사를 해야 돼. 그게 가출 콘셉트에 딱 맞는 거거든?"

"아, 진짜 너무하네! 가출 말고 수련회라고 해요!"

"얘, 수련회여도 마찬가지야. 수련회 가면 밥 진짜 대충 주는 거 알아? 어차피 하루 종일 굴러서 뭘 줘도 흡입할 수밖에 없거든. 그리고 다시는 안 올 애들이라 대충 줘도 장사엔 지장 없거든. 가출이든 수련회든 오늘 우린 대충 먹을 운명이야."

진영이 말하고 상미가 소리 내서 웃을 때, 유주는 뒤를 돌아보았다. 지호라는 그 아이는 여섯 발자국쯤 뒤에서 가방을 한쪽으로 멘 채 걸어오고 있었다. 유주와 눈이 마주쳤는데, 지호는 왼쪽으로도 오른쪽으로도 시선의 방향을 돌리지 않고 가만히 유주의 눈을 계속 응시했다. 한 2초쯤 지났을까. 그 서슬에 질려 패한 기분으로 유주는 고개를 돌려야 했다. 뭐야⋯⋯. 유주가 입속으로 웅얼거렸다. 왜 저렇게 빤히 쳐다보고⋯⋯. 괜히 그 눈에 대고 말하고 싶기도 했다. 너 혹시 아까 전의 그 말, 발작 운운하는 그 말을 들었다면 그건 내가 한 게 아니고, 내 옆에 있는 저 아이가, 저 아이가 한 건데. 내가 아니고. 나는 잘못한 거 없어. 뭐 그렇게.

점심을 먹고 고시원 방에 들어가자마자 유주는 챙겨 온 화장품을 펼쳤다. 학교에 있는 내내 진영에게 보여주고 싶어 안달이 났었다.

"세상에, 많이도 샀네. 나보다 더 많이 가지고 있는 것 같아."

진영이 감탄하자 괜히 쑥스러워서, 그냥 로드숍에서 싼 거 샀어요, 하고 대답했다.

"야, 너는 용돈 없다고 점심도 못 먹었으면서 이건 어떻게 산 거야?"

상미가 묻는 말엔 사실대로 말했다.

"며칠 전에 큰아빠가 오셔서. 그때 받은 용돈으로 샀어. 타이밍이 좋았지."

진영이 자기 스킨으로 둘의 얼굴을 닦아내고, 크림을 직접 얼굴에 펴 발랐다.

  "간지러워요, 이모."

  유주가 웃었다.

  "백화점 가면 다 이렇게 해줘, 간지럽다고 웃으면 안 되는 거야. 꾹 참아야지."

  진영이 대답하며 튜브 뒤쪽의 설명문을 골똘히 바라본 후 베이스를 바르고, 파운데이션을 손에 들었다.

  "21호?" 진영이 갸웃거렸다. "둘 중 하나는 21호가 아닌 것 같은데. 이걸로 화장하면 얼굴이 귀신처럼 동동 뜰걸?"

  "다 21호 쓰는 거 아니에요? 우리 반 애들 다 그거, 21호 쓰던데."

  "그러니까 다 달걀귀신처럼 다니는 거지. 유주는 얼굴이 하얀 편이라 괜찮겠다. 상미는 잘 모르겠어."

  "저 얼굴 안 까맣거든요?"

  "너 내 얼굴 봐, 까매?"

  "아니요."

  "나 23호 써."

  "아, 진짜."

  "뭐가 진짜야."

"그냥 해줘요. 어차피 밖에 나갈 것도 아닌데요 뭐."

눈썹을 그리고, 아이섀도 여러 개를 눈두덩에 바르고, 좀 밝은색은 눈 아래에도 조심조심 바르고, 아이라인을 그리고, 눈꼬리를 빼고, 집게 같은 무언가로 속눈썹을 올리고 거기에 마스카라를 덧칠하고. 눈꺼풀이 자꾸 근지러웠다. 상미가 자기 속눈썹에 서툴게 솔질을 하다가 어엇! 하는 외마디 비명을 질렀다. 뭐야, 뭐야. 상미의 눈꺼풀에 꺼먼 솔 자국이 그대로 묻어 있었다. 손을 잘못 놀려 마스카라 솔을 눈꺼풀까지 문댄 모양이었다.

벼락같이 폭소를 터뜨린 것은 셋 중 둘이었다. 상미 말고 나머지 둘. 너무 힘이 셌잖아! 라고 외친 것은 진영, 완전 대박, 까만 점이 막 생겼어! 라고 말한 것은 유주. 상미는 웃지 않았고 대신 이렇게 말했다. 아, 씨발. 개망했네, 개망했어. 옛날의 유주였다면 거기서 상미의 눈치를 보며 슬그머니 멈추었을 텐데 그러고 싶지 않아서 더욱 큰 목소리로 소리 내어 웃었다. 마치 예전의 자신을 그 큰 웃음소리로 덮어버리는 게 가능하다는 듯이. 이렇게 아무 데서나 웃는 것에 익숙해지고 싶어서.

"뭐가 개망해. 내가 응급처치를 해주지."

진영이 어두운 갈색의 아이섀도를 들더니 상미의 눈꺼풀

위를 슥슥 문질렀다.

"오, 그라데이션."

"그래. 개망하는 게 어딨니. 다 빠져나갈 구멍이 있는데."

"역시 어른은 다르네요."

"볼에만 묻히지 마. 그럼 지우려고 애써도 얼룩덜룩한 게 남으니까."

"그럼 그건 점이라고 해야 되나."

진영이 핸드폰을 들어 두 아이를 차례차례 찍어주었다. 거울로 볼 땐 맨 얼굴과 차이가 많이 나는 것 같았는데, 사진에는 눈으로 보는 변화의 반의반도 드러나지 않았다. 그러니까, 연예인들은 얼마나 화장을 진하게 하는 거야? 그리고 우리 학교 애들도. 셀카에 아이라인 그린 거나 블러셔 떡칠한 게 다 보이잖아. 얼마나 많이 바르는 거야, 정말 상상을 할 수가 없다, 정말……. 상미는 거울을 놓지 못하고 연신 자기 얼굴을 바라보았다. 몇 년 후엔 이렇게 화장품을 바른 얼굴로 나를 행복하게 해주는 공간을 걸어 다닐 수 있을까? 그것은 언제나 아주 몹시 멀고 그래서 절대 오지 않을 미래의 일처럼 느껴질 뿐이었는데, 이렇게 진영의 손이 얼굴을 지나가고 나자 거짓말처럼 조금의 믿음이 생겼다. 어쩌면 내 앞에도 그 미래가 있을지 몰라. 아주 조심스럽게 손가락을 볼에 대보았다. 파운데이션이 다 흡수되지 않은 피부 위로 손자국이 희미하게 남았다. 조금 놀라서, 끈적한 파운데이션이 묻은 손가락을 맞비벼 지웠다.

유주도 자기 얼굴을 가만히 바라보았다. 내가 지금 내 삶에서 큰 자리를 차지할 어떤 경험의 한복판에 있구나, 라는 것을 바로 느낄 수 있는 게 조금 신기했다. 처음이었다. 거울에 비친 얼굴을 보고 못생겼어, 어디서든 사랑받지 못할 얼굴이야, 라고 중얼거리고 싶은 충동을 느끼지 않은 것이. 이런 모습으로 살아봤자 뭐 해? 라는 생각이 제멋대로 떠오르지 않은 것이. 이래서 아이들이 아침마다 하나같이 병든 닭처럼 졸면서도 얼굴을 온통 허옇고 붉게 칠하고 또래들이 밀집된 학교로 오는 것일지도 몰랐다. 가끔 아침나절의 시간이 너무 급했는지 아무것도 바르지 못한 날엔 고개를 푹 수그린 채 절대 들지 않고, 뭐 그렇게. 그 아이들을 한심하다고 여겼던가. 그땐 아마 속으로만.

"저, 집에서 혼자 화장 연습 몇 번 했었거든요. 그런데 보기가 싫어서 항상 바로 세수했는데 지금은 뭔가 아까워요. 지우기 싫어요. 이모가 도와줘서 그런가 봐요."

유주의 말에 진영이 대답했다.

"뭣 하러 지워?"

"네?"

"지울 거면 왜 했어. 우리 이렇게 하고 나가서 저녁 먹자."

"이렇게 하고서요?"

"왜, 아는 사람 만날까 봐 두려워? 유주 화장했다고 놀릴까 봐?"

"아니요, 그게 아니고……."

"역사적인 가출과 첫 메이크업. 정말 유익한 수련회다, 내가 생각해도."

"그나저나 저녁 메뉴는 뭔가요?"

"그건 너희가 정해야지. 난 내일 저녁밖에 안 정했어."

"내일 저녁은 뭔데요?"

"삼겹살 먹을 거야."

"오, 맛있겠다!"

"수련회 마지막 밤엔 역시 캠프파이어거든. 우리도 불 좀 질러야지."

진영이 바닥에서 자겠다고 했다. 중학생들, 너희 둘이 침대 위에서 껴안고 자. 떨어지지 말고. 너네 떨어지면 바로 나 압사당하는 거니까. 괜찮다고, 자기가 바닥에서 자겠다고 유주가 아무리 이야기해도 막무가내였다. 난 좁은 침대보다 조금이라도 더 넓은 바닥이 좋아. 나 더위 많이 타는 것도 알잖아. 누가 옆에 있으면 덥고 답답해서 못 자니까, 중학생들이 나이 많은 아줌마 좀 살려줘야지.

"어떻게 결혼을 하고 살았던 거지?"

진영이 화장실에 간 사이 상미가 유주의 귀에 대고 속삭였다. 화장실은 밖에 있으니 진영에게 들릴 일이 전혀 없는데도 굳이 귀에 대고. 상미의 언어가 뜨거운 숨처럼 귀에 와서 붙을 때, 몸에 있는 털이 일제히 곤두섰다. 귀에서부터 목덜미, 위로 올라가면 뒤통수와 정수리, 아래로 내려가면 팔과 다리에 이르기까지.

"응? 아줌마는 어떻게 결혼을 하고 살았는지 정말 궁금하지 않아? 한 이불 덮고 같이 잤을 거 아냐. 그리고 남들처럼 다 하고……. 근데 왜 지금은 같이 못 잔다는 걸까?"

"침대가 많이 넓었겠지. 여기는 엄청 좁잖아. 딱 한 명만 잘 만큼 좁은데. 그래서 그랬겠지, 이모가."

"그거 말고, 막 다른 거 아니야?"

"뭐 다른 거?"

"트라우마라고 하잖아…… 그런 게 아줌마한테 있는 거 아닐까?"

그만하라고 말하고 싶었다. 뭘 어디까지, 어느 정도까지 말하려는 거야? 진영이 보인 선의가 이런 형태로 치환되어 다시 돌아오는 것을 유주는 견딜 수가 없을 것 같았다. 그렇게 말하는 거 하나도 안 멋있다고, 하나도 안 시원시원해 보인다고, 그냥 멍청하고 덜 떨어지고 예의까지 없는 중학생 같아 보인다고. 네가 말하는 것 하나도 재미없고, 나는 궁금하지도 않으니 그만하라고, 닥치라고 말하고 싶었다. 왜 이렇게 미운 걸까?

"남편이 죽었다고 그랬잖아. 누가 옆에 딱 누우면 죽은 남편 생각이 막 나는 거야⋯⋯. 무서울 수도 있고, 아님 되게 슬플 수도 있고, 막 그래서 눈물이 나는 거지. 그래서 같이 못 자는 게 아닐까."

"뭐, 그럴 수도 있고⋯⋯."

"아줌마 뭐 이렇게 오래 걸리냐. 똥 싸나."

"⋯⋯."

"근데 이런 말 하면 천벌 받을까 모르겠는데 있잖아, 나는 아줌마 남편이 없는 게 되게 좋다?"

"뭐?"

"아줌마 남편이 죽지 않고 살아 있었으면 아줌마는 우리한테 말도 안 걸었을 거잖아. 그냥 남편이랑 놀러 다니고 남편이랑 밥 먹고. 애도 낳았을 수 있어. 그럼 당연히 가족만 생각하지, 우리 같은 중학생한테 관심이나 가졌겠어?"

"아니었겠지……."

"그러니까. 나 저번에 도서관에서 쫓겨날 때 있잖아, 거기 있던 여자가 나보고 뭐라고 했는지 알아? 너 아직 옆에 있을 때였는데."

"아니, 잘 기억이 안 나."

"자기도 딸이 있는데 나 같지 않아서 정말 다행이라고, 자기 딸에게 감사해야겠다고 그랬어. 그거 듣고 내가 빡쳐서 폭주한 거잖아. 그런데 만약 아줌마에게 애가 있었다면 아줌마도 그런 생각을 하는 어른이지 않았을까?"

"설마, 이모는 안 그랬을 거야."

"모르지. 상상력을 발휘해 봐. 아줌마가 애를 낳았으면 우리보단 좀 어렸겠지. 한 일곱 살쯤 되었다 치자고. 아, 원래 그전에 어린이집을 어디로 보낼 거냐, 유치원은 어디가 좋냐 뭐 이런 문제도 있다는데 봐주자. 아줌마는 어쨌든 지금은 좋은 어른이니까. 초등학교부터 생각해 보자, 한번. 어느 학교가 좋은지를 아줌마가 과연 고민하고 따져보지 않았을 거라고 보장할 수 있어? 난 그럴 수가 없어. 잘 모르겠어. 뭔가 달라 보였던 어른들도 순식간에 돌변하는 그 순간들을 참 많이 보고 들었으니까. 아줌마도 학교를 따지기 시

작했을 거야. 이 학교에는 저소득층이 많대요. 다문화가 많
대요. 이 학교 나온 애들이 다 그 중학교 가서 그렇게 말썽
을 많이 피우잖아요. 아무래도 애들이 자란 환경이 비슷하
고 그래야 잘 어울리고 하더라고요. 막 그런 생각을 하고
말을 하면서 자기 자식의 앞길을 설계했을 거라고. 그럼 있
잖아, 과연 우리는 아줌마가 낳았을 애의 좋은 본보기일까,
나쁜 본보기일까?"

"야, 몰라."

"그냥 그런 생각이 들어서 괜히 자꾸 더 못나게 굴고 싶
어진다고. 무슨 말 하는지 알겠어? 난 괜히 질투가 나. 그
래서 나쁜 순간만 상상하는 거야. 실제로는 세상에 나오지
도 않은 아줌마의 딸인지 아들인지가 미워서. 걔들이 꼭 우
리 학교 애들인 것처럼 느껴져. 그 딸인지 아들인지가 아주
여유 있게 쑥쑥 커서, 어른 앞에선 착하고 사랑받은 티 팍
팍 나는데 뒤에선 나를 괴롭히는 애가 될 것 같으니까. 우리
반 애들처럼. 어쩌면 지금 우리가 경험하고 있는 이 순간들
이 믿기지 않아서, 현실감이 제로여서 이러고 있는지도 몰
라. 사실은 아줌마도 다른 어른들이랑 똑같은 사람일 거라
고 정해놓고 기대하지 않는 게 맘이 편하니까, 그래서."

진영은 왜 오지 않을까. 유주는 상미의 옆모습을 가만히

응시했는데, 상미의 마음을 알 것 같기도 모를 것 같기도 했다. 상미가 아주 가끔씩 번득이며 드러내는 모든 여유로운 것에 대한 적의를 감당하기가 힘겨웠다. 어느 순간부터 상미를 힘들여 이해하고 싶지 않았고, 상미의 모든 것에서 나쁜 점만을 골라 보려 노력하기도 했는데 그러고 나면 희미한 죄책감과 그 스무 배쯤의 만족감이 동시에 들었고 그것을 부인할 수는 없었다. 단 한 가지, 마음을 폭 파고드는 것이 있었다.

질투심.

존재하지 않는 대상에 대한 미움.

그건 이미 잘 알고 있었다. 없는 것에 대한 미움을 있는 형태로 만들고 나면 숨 쉬며 살아 있기도 훨씬 수월했다. 유주에게 세상에 나오지도 못하고 죽은 남동생의 존재가 그랬던 것처럼. 너무나 불행하니 죽고 싶었는데, 진짜 죽지 않으려면 누군가를 거세게 미워해야 했다. 그게 에너지가 되었다. 사실 자신을 가장 힘들게 하는 것은 분명히 어른들, 아주 가까운 어른들, 이를테면 자신에게 멋대로 생명을 불어넣은 부모나 그 위의 조모 같은 사람들이었는데 그들을 미워하는 것은 사회적으로 용인되지 않는 일이었으니 ─ 유주는 초등학생이었을 때 이미, 무조건적인 화해와 자신도 모르는 어른의 유년 시절에 대한 이해를 강요하는 많은 가족 상담 사례를 찾아보았다 ― 결국에는 과녁이 없는 무용한 증오를 반복해야 했던 것이다.

그렇게 없는 사람을 미워했던 그때의 나는 지금 상미가 하는 말과 비슷한 생각을 가지고 있었어. 유주는 퍼뜩 깨달았다.

"아휴, 도대체가…… 용을 두 마리는 낳았네. 물을 몇 번을 내려도 끊어지질 않고 계속 나오지 뭐니."

진영이 너스레를 떨며 돌아와 물 묻은 손을 바지에 쓱쓱 문댔다. 중학생들은 깔깔 웃었다.

12

한참 이야기를 하느라 잠을 잘 수 없을 줄 알았는데 눈을 떠보니 아침이었다. 상미도 유주도 핸드폰이 없었으니 알람이 울릴 리 없었는데 새벽녘부터 요란한 음악 소리가 방을 메웠다. 진영의 핸드폰이었다.

"아줌마, 설마 우리 학교 가라고 알람 맞춰둔 거예요?"

상미가 묻는 말에 진영이 대답했다.

"당연한 거 아니니. 어린 중학생들을 학교 보내는 건 가출을 주도한 어른이 응당 지켜야 할 의무 아니겠어?"

"집에서 준비할 때보다 훨씬 이른 것 같은데요." 이번에는 유주도 투덜대지 않을 수가 없었다. "이렇게 일찍 일어난 적은 없는데. 정말 졸려 죽겠어요. 학교 가서 잘 것 같아요."

그러면 진영의 대답은 뻔했다.

"유주야, 어디서 안 자던 척을 하는 건데. 평소에도 학교에서 잘 잤잖아."

"이모는…… 내가 학교에 있는 걸 본 적도 없으면서."

"안 봐도 알 것 같은데?"

전날 입었던 교복을 다시 입었다. 나름 조심한다고 했는데 몸 냄새가 조금 나는 것 같기도 했다. 내일까지만 버티면 된다고 생각하며 참았다. 가방을 메고 신발을 신는데 진영이 작은 병을 들고 왔다.

"중학생들, 가출의 기본은 가출한 티가 나지 않는 거지."

진영이 향수를 네 개의 팔목에, 네 개의 귀 뒤에, 그리고 두 머리에서 두 뼘쯤 위에 각각 뿌려주었다.

"저 향수 처음 뿌려봐요."

상미가 옆에서 중얼거렸다. 태어나서 가장 많이 향기를 풍기게 된 순간이 하필이면 가출했을 때라니.

"그러니까. 살다 보니 별일이 다 있지?"

아침은 원래 안 먹느냐는 물음에 둘 다 고개를 끄덕였는데, 토스트라도 사 먹으라며 각자의 손에 5천 원씩이 들어왔다. 이렇게까지 해주실 필요는 없는데…… 유주의 목소리가 자꾸 기어들었다. 이모는 왜 자꾸 이럴까. 이미 충분히 많은 것을 해주고 있는데. 다른 어른들과 같은 짓, 그러니까 지폐 한 장을 손에 쥐여주곤 스스로에게 인자한 미소를 지으며 만족하는 그런 행동은 안 하길 바랐는데. 그러나 막무가내였다. 어른은 어쩔 수 없이 어른인 걸까. 그러니까, 결국엔 어쩔 수 없이 같은 종처럼 유사한 행동들을 복사한 듯할 수밖에 없는 것일까. 잠시 그런 생각이 속에서 꾸물꾸물 기어 나왔다가, 서슬이 퍼런 유주 자신의 소리 없는 고함에 화들짝 놀라며 숨어버렸다. 이렇게 고마운 사람한테 무슨 생각을 품는 거야. 네가 생각이 많고 배배 꼬인 아이라고 해서 남들까지 그렇게 재단하고 평가하지는 마, 너 말이야, 너! 그리고 상미는 그 옆에서 아무에게도 들리지 않는 목소리로 생각하고 있었다. 토스트를 먹으라고요. 토스트를 어디서 팔지. 한 번도 먹어본 적이 없는데. 그걸 살 수 있을 거라는 생각도……. 꼭 먹고 싶어요. 먹으면서 그 장면을 엄마에게, 아빠에게 보여주고 싶어요. 보여요? 난 이렇게 먹을 수 있는 사람이에요. 돈을 낸 만큼 맛있게, 기대했던 만큼 행복하게.

진영이 고시원 앞까지 둘을 배웅하고 들어갔다.

"나 딱 여기까지만 나간다? 아직 나이도 얼마 안 먹었는데 애 둘 있는 엄마처럼 보이고 싶진 않아."

진영의 말에 유주도 상미도 비슷한 소리로, 같은 톤으로 웃었다. 진영의 손을 잡고 사람들 사이로 나간다면, 그러면 우리는 혹시 터울이 나지 않는 자매처럼 보일까?

고시원에서 학교까지는 걸어서 15분쯤이었다. 진영을 들여보내고 둘은 천천히 걸었다. 출근을 하는지 바쁘게 오가는 사람들 사이를 가로질렀다. 진영이 지난밤 했던 이야기가 머릿속을 흔들었다. 사실 나도 가출을 한 적이 있어, 두 번. 어, 진짜요? 두 번이나? 상미는 되물었고, 유주는 또다시 진영이 없던 시절 서가에서 읽은 책 하나를 떠올렸다. 진영 또래의 아이들이 가출해서 겪는 힘들고 슬픈 일들을 하나도 안 슬프고 안 힘든 척하면서 써내려간 소설이었다. 그걸 읽으면서 유주는, 내겐 이런 시도조차 할 수 있는 용기가 없어서, 그래서 결국엔 아무것도 하지 못할 것이라고 생각했었다. 그냥 집에서 구박만 받다가 인생 끝날 거야. 이런 일들을, 이렇게 힘들고 괴로운 일들을 겪을 가능성이 1퍼센트라도 존재한다면 나는 무서워서 절대 집을 못 떠나. 내가 알아. 집은 지옥이지만 익숙한 지옥이지. 행여나 더 작고 더 얕은 지옥이 있다 하더라도 낯선 것이라면 위험을 감수해볼 용기조차 낼 수가 없어서 나는 해내지 못할 거야, 라고.

그때는 이렇게 진영의 도움을 받아 손쉬운 가출을 할 수 있을 것이라고는 생각지도 못했었다.

진영의 첫 번째 가출은 초등학교 때라고 했다. 친구의 집에서 며칠을 묵다가 부모님이 들이닥쳐 끝나게 된 가출.

"그때 고등학생 오빠들이랑 노래방 가고 술도 먹기로 했는데, 약속한 날 전에 발각됐거든? 마음이 정말로 오묘한 거야. 집이 그렇게 싫어서 나왔는데 오빠들이랑 노래방 가는 것에도 너무 많이 겁이 났었기 때문에, 도대체 이 마음이 뭔가, 나는 이 정도의 그릇밖에 되지 못하는 사람인 건가 싶었지……. 결국엔 내가 좋아하지 않는 어른과 함께 살거나, 혹은 너무 겁나고 무서운 나락으로 빠져들거나 둘 중하나밖에 선택할 수 없는 걸까 싶기도 했고……."

"근데 아줌마는 어떻게 한 번 더 하셨어요? 두 번째는 어떻게 했어요?"

"그냥 나왔어. 사실 좀 웃겨. 성인 되고 나서였거든. 그러니까 가출이라고 말할 수도 없어, 냉정하게 말하면. 가방에 필요해 보이는 것들을 다 챙겨서 누구의 도움도 받지 않고잠잘 곳도 정하지 않고 나왔어. 그러면 더 오래 버틸 수 있을 것 같았어. 가진 것 없고 머물 곳 없고 믿을 사람 없으면 나 혼자 더 끈질기게 버티며 살 수 있을 것 같았거든."

"어떻게 됐어요?"

"이틀 만에 끝났어."

"에엑."

"나를 찾아냈거든. 엄마 친구였던 아줌마가. 목욕탕에서. 웃기지? 그땐 동네 사람들이 다 서로 알고 그랬으니까……. 옆 동네에만 갔어도 그런 일은 없었을 텐데 참 나도 되게 간이 작아. 약하고……."

익숙한 지옥…….

혹시 지금 자기 발로 익숙한 지옥에 돌아가고 있는 것은 아닐까.

혹시 둘 중 하나의 부모라도, 혹 학교에서 기다리고 있다면…….

"상미야."

유주가 상미의 팔을 잡았다.

"응?"

"우리, 학교 가지 말자."

"아줌마가 가라고 했잖아."

"학교 갔는데 누가 와 있으면 어떡해. 우리 엄마 아빠나, 너네 엄마 아빠나."

"야, 씨발⋯⋯."

"그러니까 우리 그냥 점심까지 어디 가서 버티다가 이모 한테 가자. 어차피 이모는 우리가 학교 갔는지 안 갔는지 모르잖아. 갔다 왔다고 말하면 되지."

"근데 교복까지 다 입고⋯⋯ 어디 가서 버티지?"

덜 붐비는 방향을 선택했다. 지하철을 타기 위해 바삐 뛰 는 사람들이 너무 많아서 오히려 역무원에게 걸릴 거란 공 포도 없었다. 편하게 비상문의 버튼을 누르고, 화장실에 잠 시 머물렀다가 나와 열차를 탔다. 교복을 입은 학생 둘에게 신경을 쓸 만큼 한가하거나 오래 앉아 있는 어른도 없었다.

"나 있잖아, 저번에 너 도서관에서 쫓겨났을 때. 나도 못 갈 것 같아서 혼자 이렇게 지하철에 앉아 있었어. 앉아서 몇 번을 돌았어. 가만히 앉아만 있으니까 배도 안 고프더라."

유주가 말했다.

"정말?"

"응. 그냥 내가 지하철 부품이 된 느낌이기도 했어."

상미는 이런 느낌이 들었다. 맞은편 자리에 앉아 있는 사 람들이 몇 번씩 바뀌는 것을 보고 있노라면, 커다란 회전목 마를 받치고 있는 기둥에 그려진 캐릭터 따위가 된 것도 같다고. 떠들고 웃고 행복해하고 바쁘게 타고 내리는 사람들을 바라보는 기둥 위의 캐릭터, 서로의 손을 잡고 입꼬리를 올린 채 활짝 입을 벌리고 있지만 계속 그 상태여야만 사람들이 받아들이고 만족하는, 그런 임무와 숙명을 타고난 놀이공원의 마스코트 둘.

어린애들은 아무리 힘든 일이 있어도, 아무리 누군가가 괴롭혀도 항상 즐거워야 하고, 좋고 예쁜 생각만 해야 하니까. 그래야만 이용객들 모두가 안심하고 자기 할 일을 마저 할 수 있을 테니까.

"있지, 나는 가끔 그런 게 궁금해." 상미가 대뜸 말을 꺼냈다. "아줌마가 언제까지 우리를 챙겨주고 싶은 아이들로 봐줄까, 하는 생각. 누가 먼저 서로를 버릴까. 그런 생각."

"왜 버릴 생각을 해."

"왜 내가 버린다고만 말해. 버려질 수도 있는 거지."

"나 지금 되게 용기 내서 솔직하게 말하는 건데, 저번부터 네가 자꾸 그런 투로 말하고 있다고 생각했어. 이모를 좋아하지 않는 투로. 자꾸 이모의 흠을 잡으려는 투로."

"야, 나 그렇게 은혜도 모르고 고마운 거 모르는 사람 아니야."

"그러면 왜 그래."

"뭐냐면, 무서워서 그래. 마음 다 주고 저 사람을 정말로 좋아했다가 나중에 나 혼자 화내고 힘들어하고 막 울게 될까 봐. 너는 그런 거 안 무서워?"

"안 무서워."

"대단하네."

"믿으려고."

"뭘?"

"난 그런 마음의 단계를 이미 지난 것 같아. 너랑 이모랑 둘이서 쫓겨났을 때 이미 버려졌다는 마음이 들어서 되게 솔직히, 좀 슬펐거든. 더 까놓고 이야기하자면 뭐라 해야 하지, 이모가 너를 더 좋아한다는 생각도 많이 했고 그래서 샘도 많이 났어. 그런데, 그렇게 힘들어했는데 다시 이모가 돌아왔어. 돌아와서 나를 불렀어. 내가 말을 안 했으니까 이모는 내가 힘들어했다는 것을 모르긴 하지만, 그래도 괜찮다고 생각하기로 했어. 어쨌든 돌아왔으니까. 그리고 처음부터 지금까지 내가 평생 만나온 어른들 중 여전히 최고니까. 나는 그래서 이모를 믿을 거야. 내가 가진 온 힘을 다해서 믿고 의지할 거야. 그리고 만약 나중에 이모가 이제 그만하겠다고, 떠나겠다고 말할 때가 된다면 이렇게 인사하고 싶어. 저 정말 그해 여름부터 지금까지 이모 덕분에 살았어요. 그러니까 이모가 저에 대해 어떻게 생각했고 무슨 이유에서 떠나든 그것과는 상관없이, 고맙습니다. 정말 고마웠습니다. 이렇게."

"야…… 무슨 드라마냐."

"어, 아니 사실, 진짜 그럴 수 있을지는 모르겠는데, 그러고 싶다고 내 소망을 이야기하는 거지. 그럴 수 있는 사람이 되었으면 좋겠다고. 나중에 내가 이모한테 질척거리면 네가 꼭 말해줘. 왜 이래. 꼴사나워. 막 이렇게 말해서 현타 좀 오게 해줘."

"나한테는 악역만 시키고, 너."

"아니야. 어쩌면 나는 그런 너도, 나를 결국엔 버린 이모도 미워하게 될지 모르지만 그게 내 소원이 이루어지는 길이잖아. 나는 어려서부터 소원이란 걸 가진 적도 이룬 적도 없는 사람인 것만 같은데. 그래서 소원이 이뤄지는 걸 행복이라는 감정이랑 어떻게 동일시할 수 있는지, 과연 가능한지도 잘 모르겠어. 사실, 뭐, 오글거린다면 어쩔 수 없지만 지금 내가 생각하는 걸 최대한의 언어로 말하자면 그래."

"방학 동안 책 많이 읽더니 역시. 나는 맨날 껌만 씹고 앉아 있었는데."

"아, 뭐래."

"아냐, 음. 네가 그런 생각을 하는 줄은 몰랐어. 너는 아줌마를 무조건 대책 없이 좋아하는 줄로만 알았는데. 그래서 난 막 되게, 네가 우습기도 하면서 부럽고 그랬거든."

"그게 부러워?"

"누군가에게 완벽하게 빠져들기를 각오할 수 있다는 거? 저 사람의 좋은 점만을 믿고 의지하겠다고 다짐이라도 할 수 있다는 거? 난 그렇게 못 하니까."

"음."

"우리 둘 중 누군가 커서 아줌마 같은 사람이 될 수 있다면 나보다는 너일 거야. 나는 절대 못 해."

"이상하다."

"뭐가?"

"나는 이모가 너랑 되게 닮았다고 생각했는데. 이모도 전에 왜, 너 밥 먹다 화장실 갔을 땐가 나한테 말한 적 있었거든. 상미 쟤가 나 어렸을 때랑 되게 성격이 비슷하다고."

"어…… 그랬어?"

"응. 그리고 난 그거 듣고 또 질투하고……."

"별걸 다 질투하네……."

"그러니까 나를 믿고 나랑 같이 이모의 좋은 부분들만을 믿기로 해."

"야, 배 안 고프냐."

"고파."

"말을 너무 많이 했나 봐."

"그러니까."

"너랑 있으니까 이상한 말을 하게 돼."

"드라마처럼?"

"그러니까."

"누가 보면 우리 중2병 말기로 볼걸."

"근데 중2 맞잖아."

"이모에게도 병명을 지어주자."

"유니세프병?"

"상미야."

"왜."

"너무 냉소적이야, 너 맨날."

"천성인 걸 어떡해."

진영이 '돼지 한 마리'라는 메뉴를 시켰다. 상미는 처음 보는 이름의 메뉴였다. 삼겹살과 목살, 항정살, 그리고 기억 도 안 나는 생소한 부위들이 함께 나왔다.

"여기 맛있는 데예요? 가족들끼리 외식할 때에도 고기 구워 먹으러는 한 번도 안 왔어요."

유주의 말에 진영은 이렇게 대답했다.

"고기야 다 맛있지. 난 여기에 왜 오냐 하면 고기를 구워
줘서 오는 거야."

"구워줘서요?"

"너희는 잘 모를까? 어른들끼리 같이 고기 먹으러 가면
그게 은근 골치 아프고 귀찮거든, 생각하기가. 어린 사람이
구워야 하고, 후배가 구워야 하고, 또 웃기고 이해가 안 가
는 건 있지, 내가 20대 때 대학 다닐 땐 남자애들이 구우면
서 레이디 퍼스트! 이랬는데 결혼하고 나니깐 와이프나 며
느리가 구워야 하는 거였고. 나는 누가 굽든 다 싫었어. 다
떠나서, 아니 대체 굽는 사람이 정해진 건 무슨 연유인가 싶
어서 항상 짜증이 났거든. 그래서 가게 종업원분들이 다 구
워주시는 데를 오는 거지. 그러면 고민할 것도 없고 복잡한
생각 할 것도 없이 감사합니다, 라고 말하면 되니까."

"아줌마도 가끔 보면 모든 걸 되게 희한하게 생각하는
거 같아요. 유주도 그렇게 생각할걸요?"

"맞아요. 그런데 어떻게 생각하면 당연한 것 같기도 하고.
희한하지 않은 보통 어른이었다면 우리한테 말을 걸지 않았
을 것 같으니까요."

"오, 그런 건가."

"어머…… 그런 건가. 나도 실체를 잘 모르는 내 맘을 유주가 꿰뚫어준 건가."

거짓말을 하는 어른. 나는 유주를 알고 유주에게 다가갔던 어른인데. 진영은 자주 외줄 타기를 하는 기분이었다. 둘을 학교에 보내고 나서 후회와 후회하지 않음의 사이, 그 가파른 경계를 수천 번 오갔다. 뭘 하는 걸까, 도대체. 남훈의 번호는 잠시 차단해 두었다. 계속 울릴 핸드폰에 아이들이 행여나 신경을 쓸까 싶어서였는데 그러고 나니 더욱 불안했다. 이러다 남훈에게 무슨 일이라도 생기면 혼자 남은 늙은 아비를 방치한 딸이란 굴레를 쓰게 될까? 매일 온몸 곳곳이 아프다고 불평을 늘어놓으면서도 사실 누구보다 건강했던 남훈이었기에 쓸데없는 걱정이라고 스스로를 다독여 실낱같이 약한 마음의 줄을 붙들 수는 있었지만…….

아이들은 참 잘 먹었다. 이제 진영의 앞에서 입을 크게 짝짝 벌려 크게 싼 쌈을 밀어 넣거나, 쌈장이 묻은 손가락을 쪽쪽 빨거나, 된장찌개 속 마지막 남은 두부를 얼른 숟가락으로 건져 가는 것을 아무렇지 않게 했다. 그 모습을 보고 있노라면 그냥 이렇게만 살며 애들 크는 것을 보고 말아도 되지 않을까, 하는 이상한 기분도 들었다. 같은 식탁에서 밥을 먹는 정이라는 게 이렇게 무서운 건가. 그래서 식구란 말이 나온 건가. 아이들은 밥을 먹을 때도 서로 다른 버릇이 있었다. 상미는 꼭 다문 입에 숨긴 혀를 야무지게 놀리는 티가 역력히 났고, 유주는 쌀밥 반 숟가락 정도를 꼭 남겨두었다가 맨 마지막에 입가심이라며 먹었다. 상미는 물을 거의 마시지 않는 반면, 유주는 물 먹는 하마로 불렸다. 아직 알아채지 못한 더 많은 버릇이 있을 것이고 아직 함께 먹지 못한 수많은 메뉴가 있을 것이다. 그리고 아직 나누지 못한 생각들도 있을 터였다.

"정말 잘 먹었어요. 배불러 죽겠다." 상미가 배를 두드렸다. "근데 큰일 났어요, 아줌마. 아줌마는 분명 이제 돼지고기 사준 걸 후회하게 될걸요?"

"에, 왜?"

"저 돼지고기 먹으면 방귀 오지게 뀌거든요. 냄새도 완전 오져요."

"그 말 싫어한다고 했을 텐데?"

"욕 아니고 표준어라니까요."

"이미 우리한테서 고기 냄새 엄청 나는데 방귀 냄새쯤 더 해져도 어때요, 지독한 건 마찬가지인데."

이렇게 말한 것은 유주였다.

"친구라고 감싸주는 건가. 그런 거니, 유주."

"그런 건가 봐요."

"고마워, 친구라고 해줘서."

"그러니까. 내가 좀 착하지?"

13

뉴스에서 그런 이야기를 볼 때마다 언제나 남의 일이라고만 생각했다. 안됐다고 여길 여유도 부족한데 그 상황에 자신이 내던져지리라고는 더욱 상상할 수가 없었다. 진영의 상상력으로는 불가능했다. 불행은 개수를 셀 수 있는 대상이라고 생각했고 만일 신이 있다면 자신에게 충분한 가짓수를 이미 부여했으므로 더 이상은 설마, 하는 안일한 마음 또한 분명 있었을지 모른다.

고기를 다 먹고 골목길을 빙빙 돌아 고시원으로 돌아갔다. 길고양이들이 가끔씩 구석에서 튀어나올 때마다 상미가 말했다.

"우리가 풍기는 고기 냄새를 맡은 거야."

길가에 주차된 자동차 밑에서 아기 우는 듯한 소리가 들렸고 유주는 말했다.

"우리끼리만 고기 먹었다고 쟤들이 화났나 봐."

그러자 상미가 대꾸했다.

"야, 모르냐? 저거 발정 난 소리야!"

"이모, 왜 이렇게 들어가기 싫을까요?"

보통의 유주라면 싫죠? 라고 짧게 질문을 끊었을 텐데, 싫을까요? 하고 물으니 갑자기 아이가 골목길의 구석구석에 제 속도대로 살아내야 할 자기 나이를 한 살, 한 살 미리 버려내고 부쩍 커버린 느낌이라고, 진영은 문득 그렇게 느꼈다. 왜 이렇게 컸지, 갑자기.

"글쎄, 마지막 날이라 그럴까? 이제 내일 학교 갔다가 너희 다 집으로 돌아가야 하잖아."

"안 가면 안 돼요?"

"그러면 내가 유괴범 돼."

"전 좋은데요."

"저도요."

"안 돼. 나 돈도 별로 없고 애 둘 책임질 팔자도 아니야. 들어가."

"저희 들어갔다가 맞아 죽으면 어떡해요?"

"뭐⋯⋯. 각오하고 나온 거 아녔니, 중학생들?"

"아줌마 진짜 매정하다. 와! 어떻게 그럴 수가 있어요."

"팁을 줄게. 혼날 땐 있지, 정신을 다른 곳에 둬. 어디 아주 먼 대륙이나 행성에 정신이 가 있고 몸만 여기 있다고 생각하는 거야. 넌 그곳 사람이라 한국말을 모른다고. 그래서 무슨 말인지 알아들을 수 없는 언어가 왼쪽 귀로 흘러 들어 와서 오른쪽 귀로 나간다고 생각을 한번 해봐. 그러다 만약 때리면, 죽일 것 같으면 도망쳐. 할퀴든 때리든 팔을 깨물어 버리든 해서 있는 힘을 다해 도망치고 여기로 오면 되지."

"근데 이모도 내일은 집에 갈 거잖아요."

"하루만 더 여기서 잘게. 혹시 올 중학생들이 있을까 기다리면서. 모레 아침에 집으로 갈게."

"정말 와도 돼요?"

"쉽게 도망치진 말고 진짜 죽을 것 같으면 그때 와."

"알겠어요. 상미 너는 어쩔 거야?"

"나는 안 올 거야."

"왜?"

"아줌마가 말한 대로 깨물어보지 뭐, 나는."

조금 전만 해도 춥다, 얼른 들어가자, 하고 말했었는데 이제는 하나도 춥지 않았다. 상미가 진영의 옆에서 소리를 내며 울었다. 사자처럼 울었다. 끝을 모르고 펑펑 흘러내리는 저 눈물이 검은 연기를 꺼뜨릴 정도로 커지면 얼마나 좋을까. 마치 몸이 아주 커져서 이상한 나라에 홍수를 일으켰던 앨리스처럼. 그렇게 상미의 눈물방울이 거대해져서 저 불을 꺼뜨리고, 사이렌을 울리며 번쩍이는 경광등을 단 차들도 둥실 들어 올리고, 수군대며 구경하는 사람들을 쓸어버리고, 진영 자신도 푹 잠기게 만들 수 있다면……. 유주가 계곡에 빠졌을 때, 그때의 남편처럼 자신도 깊은 곳에 들어갈 수 있도록…….

상미는 미칠 것 같았다. 너무 겁나는데, 손이 벌벌 떨리고 눈물이 줄줄 흘러내리는데 그 와중에 머릿속에서 계속 이야기가 맴도는 것이었다. 캠프파이어 해야지, 마지막 날이니까. 원래 수련회 마지막 날에는 캠프파이어지. 캠프파이어라는 단어가 계속 머릿속을 어지럽혀서 자기 머리에 총신을 대고 방아쇠를 당겨버리고 싶었다. 소리를 빽빽 지르고 싶었다. 나는 사이코패스인 걸까? 인간 말종인 걸까? 구제할 수 없는 쓰레기인 걸까? 내가 지금 울고 있는 것은 진심인 걸까, 아닐까? 어쩌면 나도 모르게 연기를 하고 있는 걸까? 좋은 아이처럼 보이려고? 사람다운 사람처럼 보이려고?

방화복을 입은 사람들이 물었다. 안에 몇 명 있는지 알아요? 안에 사람 있는 거 맞아요? 러닝 차림으로 뛰어나온 사람들은 고개를 끄덕이거나 가로젓거나 모른다고 하거나 어디론가 숨어버렸다. 사람 있어요, 있어요. 상미는 아무 목소리도 나오지 않아 끅끅대는데 옆에서 진영이 외쳤다. 사람 있어요. 여자애 있어요. 머리 짧은 여자애 있어요. 자고 있었을 거예요. 나왔으면 밖에 있을 텐데 안 보여요. 아무리 찾아도 안 보여요. 안에 있을 거예요. 그 작고 낮아 보이던 건물은 알고 보니 그만큼이나 사람도 화기도 연기도 빠져나갈 구멍이 없어서, 방화복을 입어 커져버린 사람들이 들어갈 수 있는 구멍도 부족했다.

상미가 귀를 막고 계속해서 고개를 흔들었다. 불빛이 눈물에 반사되어 얼굴이 번들번들 빛났다. 나오지 말았어야 했다. 같이 있었어야 했다. 잠이 오지 않는다고 해서, 내일이 걱정된다고 해서 잠든 유주를 내버려두고 진영에게 산책을 나가자며 졸라서는 안 됐던 거였다.

그랬던 거였다. 다시는 진영과 둘이서 이야기할 수 있는 시간이 전혀 없을까 봐 두려웠어도. 매일 집과 학교만을 오가야 할까 봐 무서웠으면서도. 나가는 때와 들어오는 때를 감시당하고, 부모가 부모로서 대접받고 싶어 부리는 생떼를 아직 다 크지 않은 온몸으로 받아내고, 빈 부모의 역할을 메우려는 좋은 사람들을 시기하는 부모를 견디고, 자신을 귀찮아하는 어른만을 어른으로 만나야 하는 세계가 눈앞에 있었어도. 그래도 두 눈을 질끈 감고 착한 아이처럼 잠을 자려 노력해야 했던 것이다.

착하고 말 잘 듣는 아이는 저 안에 있다. 먹으라면 먹고, 누우라면 눕고, 자라면 자고, 무엇보다 진영을 욕심내면서도 한 번도 욕심내는 모습을 보이지 않았던 아이는 혼자 저 안에 있다.

건물 근처로 불이 옮겨붙었다. 활활 타 무너져 내리는 쓰레기봉투 안에서 상미는 초코롤 봉지를 발견했다. 자기 주머니에서 바스락대던 그때 그 봉지와 같은 모양. 처음 유주가 말을 걸며 내밀던 그 초코롤이었다.

14

한 명이 죽었고 세 명이 연기를 흡입해 병원으로 이송되
었다. 유주는 연기를 흡입한 채 발견된 셋 중 하나였다. 겉
으로는 화상을 전혀 입지 않은 것처럼 보였다.

유주의 부모가 병원에 모습을 드러냈다. 그중 하나가 진
영의 얼굴을 기억했다. 그 오래전, 누군가 쓰러지고 누군가
는 상을 엎고 누군가는 울고 또 아마 누군가는 목숨의 한
계에 치달았던 바로 그날의 진영. 그 얼굴은 그렇게도 어리
고 또 파리했는데, 10년의 세월이 베일처럼 덮였어도 알아
볼 수 있었던 것이다.

"저, 저, 저……."

더듬는 말 뒤에 몇 마디가 더 붙기까지 그리 긴 시간이 걸리지 않았다.

지방지의 기자 하나가 덥석 사연을 물었다. 어떻게 알게 되었는지 도통 모를 일이었다. 하루에도 수십, 수백 건의 끔찍한 사건이 터지는 땅에서 왜 하필 이 이야기에 사람들이 초점을 맞춰 물어뜯기 시작했는지도 역시 알 수 없었다. 더 이해하지 못할 일들도 많을 텐데. 더 욕할 만한 일들도 많을 텐데. 사람들에게는 간이 되어 있지 않아 도저히 먹을 수 없는 일상을 씹어 삼키기 위한 양념이 매일같이 필요했을까. 갈려서 양념이 된 이야기는 먹은 자의 기억 속에선 금방 휘발되어 버리지만, 이야기와 함께 갈린 그 안의 사람들은 다신 예전의 원래 상태로 돌아갈 수 없을 터인데. 향과 맛을 내기 위해 조각나 버렸으니까. 맛있게 먹어치운 포식자들은 영영 알지 못할 방식으로.

충분히 자극적인 이야기였다. 젊은 남자가 물에 빠진 여자아이를 구하고 2주 후 돌연사했다. 폐인처럼 사회 활동을 하지 않고 틀어박혀 친정아버지의 가사 도우미 노릇만 하던 남자의 아내가 10년 후 그 아이를 찾아갔다. 자신의 정체를 밝히지 않은 채 매일같이 끼니를 사주며 아이에게 친절을 베풀었다. 아직 어리고 그만큼 세상에 대한 경계심이 없을 아이는 때로 엄할 수 있는 부모보다, 언제까지나 자신의 편만을 들어주는 낯선 이에게 마음을 열었다. 여자는 자신을 신뢰하게 된 아이에게 가출을 부추겼고 남녀 층조차 분리되지 않은 몹시 낡은 고시원, 차라리 여인숙이라 불러야 할 만한 방에 방치했다. 가출 둘째 날 밤 그 건물에서 화재가 일어났다. 화재가 일어나던 그 순간 우연찮게도 여자는 건물 밖에 있었고, 아이는 안에서 혼자 자고 있었다. 사망자가 발생한 큰 화재였다. 아이는 현재 유독가스를 흡입해 의식이 없는 상태다. 화재의 원인은 아직 밝혀지지 않았다.

이야기를 먹어치운 사람들은 그 양분으로 메말랐던 상상의 샘을 다시 채울 힘을 얻은 모양이었다. 여자가 수면제를 먹였을지도 모른다, 밖에서 문을 걸어 잠갔을지도 모른다, 단 한 번의 복수를 위해 많은 사람들의 목숨을 위협했으니 그야말로 사이코패스일 것이다, 하는 이야기들이 활자화되어 인터넷을 떠돌아다녔다. 진영은 그 안에서 아이를 잡아먹는 마녀가 되었다. 유주의 엄마가 인터넷 게시판에 올린 글이 방점을 찍었다. 그녀는 그 글 안에서 평범하지만 딸아이를 지극히 사랑했던, 그렇지만 집 밖에서 아이에게 무슨 일이 일어나는지는 미처 인지하지 못했던, 그래서 회한을 품고 눈물을 흘릴 수밖에 없는 엄마였다.

정신을 차려보니 뒤로 밀려나 있었다. 어디에도 상미의 흔적은 없었다. 모든 비극이 진영과 유주 둘만이 존재하도록 재편되었다. 하나가 더 있었다는, 진영이 우연찮게 밖에 나온 것이 아니라는, 진영을 우연찮게 밖으로 내보냈던 사람이 있었다는 것은 아무도 알 수 없었다.

진영이 상미를 집으로 보냈기 때문이었다. 가. 유주가 이송될 때 앰뷸런스에 타며 진영은 상미의 등을 떠밀었다. 가. 얼른 집에. 집에 가. 아무 일도 없었던 것처럼 가. 혼자 가출했던 걸로 해. 여기 휩쓸리지 마.

다시 와도 된다고 했잖아요, 집에서 도망쳐 와도 된다고 했잖아요, 같은 말도 하지 못했다. 아니다. 다시는 도망갈 곳이 없었다. 고시원은 반쯤 뼈대만 남은 채 시커먼 잿더미가 되었다. 한 명의 사망자. 그의 혼만이 그곳을 배회할지 몰랐다.

그날 밤 집에 돌아왔을 때 상미는 알게 되었다. 학교에서 상미의 결석을 부모에게 통보하지 않았다는 사실을. 그러니까, 수련회를 가지 않는 두 아이가 수련회 둘째 날 나란히 등교하지 않았는데 누구도 신경 쓰지 않았다는 사실을. 고민하고 겁내다가, 조금 행복해하고 통쾌했던 그 낮의 기억이 유주와 상미 둘만의 착각이었다는 것을. 아빠는 어젯밤 어디서 지냈는지 물으며 손을 올렸는데 대답을 구하는 것은 아니었다. 어디서 탄내가 나네, 라고 말한 것은 아주 늦게 퇴근하고 집에 돌아온 엄마였다. 아무도 두 아이의 모험을 몰랐다. 아무도 그 둘이 그 시간에 무엇을 하고 있었는지 관심을 갖지 않았다. 부모는 학교에 아이를 떠넘겼고, 집에 돌아오지 않는 아이에 대한 걱정보다 타인에게 드러날 수치심이 더 무거워 침묵으로 하룻밤을 보냈다. 물론 학교는 단체 행동에도 불참하는 여자애 둘 따위엔 관심을 가질 생각이 없었겠지만.

아니다. 관심을 가질 사람이 있었다.

진영에게 떠밀려 뒷걸음질 쳤을 때, 눈앞이 부옇게 흐려진 채 뜨거운 불길로부터 등을 돌려 다섯 걸음쯤 걸었을 때. 그때 상미는 보았다. 커다란 편의점 비닐봉투를 양손에 들고 입을 헤벌린 채 불을 바라보고 있는 그 애를. 그러고는 천천히 위로 쳐들었던 고개를 내려 상미의 얼굴을 똑바로 목격한 사람을.

남지호를.

밤새 잠을 이루지 못했는데 새벽녘부터 몸이 뜨겁게 달아올랐다. 고시원의 화염이 안으로 옮겨붙은 듯 상미의 안에서 불이 나고 있었다.

"엄마, 나 너무…… 너무 아파. 몸살 난 것 같아."

상미의 말에 출근 준비를 하던 엄마가 이마에 손을 댔다.

"열이 좀 있는 것 같긴 하네." 그러더니 덧붙였다. "학교 가서 보건실에 누워 있어."

"안 가면 안 돼?"

"엄마 어릴 땐 기어서라도 갔어. 지금부터 좀 아프다고 그러면 나중에 사회생활 못 해."

남지호가 혼자 앉아 있을 교실에 들어갈 수가 없었다. 가방을 메고 휘청거리며 한참을 복도에 서 있다가, 화장실에 숨을까 싶어 움직였다. 옆 교실에서 누군가의 목소리가 들려 몰래 문틈으로 들여다보았는데, 첫날에도 감독이었던 어린 선생이 쉴 새 없이 어딘가로 전화를 걸고, 또 받고 있었다. 예, 어제 그 아이는 못 봤습니다…… 아, 담임 선생님이랑 부모님께 연락을 드렸어야 하는데 제가 깜박하고…… 부장님 어떡하죠, 정말 죄송해요…… 땡땡이치고 피시방이나 갔겠거니 했어요. 아, 부장님 정말…… 정말 어떡하죠, 하더니 갑자기 큰소리를 냈다. 근데 부장님, 감독도 수업인데 3일 내내 저한테 떠넘기고는 이제 와서 책임을 물으시는 거예요? 저도 할 말 많아요. 원래 매시간 바꿔서 감독해야 하잖아요. 부당한 대우를 다 참고 편의 봐드렸는데 어떻게 이러실 수 있어요? 제가 기간제라 그런 거예요? 그냥 내년에 버리면 되니까? 동료 아니다 이거예요?

상미는 길을 꺾어 보건실로 내려갔다. 어차피 저 사람은 신경도 못 쓸 텐데. 그런 마음이었다.

보건 선생님도 수련회에 따라가고 없는 보건실에 하루 종일 누워만 있었다. 누군가 득달같이 문을 열고 들어와서 너 어제 그 애랑 같이 있었지? 하고 물을 것만 같았다. 근데 왜 너만 멀쩡한 거지? 왜 너만 오늘 학교에 왔지? 지금 그 애는 어디 있지? 그렇게 물으며 물어뜯을 것만 같았다. 잠을 자고 싶었는데 정신은 끔찍하게 말짱했다.

문이 열리는 소리가 들린다고 다섯 번쯤 착각하고 나서 여섯 번째에 진짜로 문이 열렸다. 누군가가 침대를 하나, 둘, 셋 확인하더니 상미가 누운 앞에 와서 섰다. 이불을 머리끝까지 올린 상미에게 말을 걸었다.

"도망쳤지, 너."

누구의 목소리인지 알 것 같아서 더욱 확인하고 싶지 않았다.

"어제 너 봤는데. 너 도망쳤지."

상미는 이불을 절대 내리지 않았다.

"야, 씹냐?"

이불 끝을 잔뜩 움켜쥔 팔이 부들부들 떨렸지만 절대 내리지 않았다.

"네가 나한테 뭐라고 했는지 다 기억해. 갚을 거야."

다시 천천히 발걸음을 옮기는 소리, 그리고 문을 여닫는 소리가 들릴 때까지 상미는 눈을 꾹 감고 있었다.

15

부풀려진 화재 사건의 이야기가 상미네 밥상에까지 올랐다. 물도 삼킬 수가 없었다. 자신의 부모가 그 사건을 자신과 연결시키지 못하는 것이 당연했다. 모두 유주와 진영만을 이야기했으니까. 그것이 다행인지는 알 수가 없었다. 상미에게는 모든 것이, 오직 자신에게만 부는 폭풍과도 같았다.

가장 괴로웠던 것은 진영의 이름이 진영이 아니라는 점이었다.

여자의 진짜 이름은 효윤이었다.

전혀 달랐다.

왜 거짓말을 했을까.

어떻게 내내 그럴 수 있었을까.

어떻게 내게 그럴 수 있었을까.

우리가 자신을 진영이라고 수없이 부르는 동안 단 한 번도 죄책감을 가진 적이 없었을까. 아이들이 다른 이름으로 자신을 믿고 있으니 이제라도 바로잡고 싶다고 생각했던 적이 없었을까.

아줌마, 사람들이 함부로 넘겨짚어 말하는 이 모든 일들이 정말로 사실이라고는 믿을 수가 없어요. 아니, 사실이 대부분이지만 사실로는 알 수 없는 숨겨진 것들이 세상에는 분명히 존재하는데 그걸 증언할 수 있는 사람이 저뿐인 걸까요. 정말로 나쁜 짓을 하려고 했던 건 아니잖아요. 그럴 거였으면 왜 나까지 챙겼어요. 말이 안 되잖아요. 복수를 하려는 사람이 왜 옆에 거추장스러운 장애물을 둬요. 그런 거 아니잖아요. 아줌마가 불을 지른 게 아니란 것도 나는 아주 잘 아는데. 나랑 같이 있었으니까. 나랑 손잡고 이야기하고 있었는데 그 손으로 어떻게 동시에 불씨를 당겨. 말이 안 되잖아요.

그런데…….

지금 나는 아줌마를 만날 수 없는데 모든 사람들이 아줌마에 대해 그렇게 말하니까. 이게 진짜인지 아닌지 눈 딱 감고 건방지게 따져 묻고 싶은데, 그렇게 건방지게 물어본다면 오히려 아줌마가 더 편한 마음으로 말도 안 되는 일이라고, 그냥 네가 좋고 너희가 좋았던 거라고 대답할 수도 있지 않을까. 그러면 우리 둘이서 같이 손을 붙잡고 유주를 바라보고 유주가 일어나길 기도하고 그럴 수 있을 것 같은데. 아줌마는 내게 없던 일처럼 생각하라고 했고 아줌마와 다시는 이야기할 수도 없고 그런데 모든 사람들이 이야기하는 모든 말들이 내 귓가에 들리니까…… 그리고 아줌마가 이름을 거짓으로 말한 건 사실이니까…….

가끔은 정말 그랬을까, 하는 무서운 마음이 들어요. 정말 무서운 사람이었나.

그럼 대체 나를 바라봐준 이유는 뭐였을까요?

만약 내가 그 여름부터 불이 난 고시원 앞에까지 함께 있었다는 사실을 사람들이 알게 된다면…… 그들은 무슨 말을 할까요?

예전에 내 엄마가 될 뻔했던 사람을 만난 적이 있다는 이야길 한 적이 있지요. 아이스크림을 사주었던 여자. 나는 여자의 손을 놓으려 하지 않았지만 주변 사람들이 떨어뜨려놓았어요. 내게 엄마가 되어주었을지, 알고 보니 악마였을지는 알 수 없지만 나는 그 여자가 좋은 사람이었다고 상상할 수밖에 없었어요. 어린 제게 주어졌던 선택지 중 좋은 것은 하나도 없었다면, 그렇다면 지금의 삶 역시 굳이 살아내고 싶지 않았으니까요. 어차피 어디로 가도 끔찍한 결과뿐이었다면. 하지만 행복을 잃어버렸다고 생각하면 분노하고 그리워하면서 현재를 살아낼 수 있었어요. 그래서 그 여자가 날 끝까지 책임지려고, 데려가려고 했다고 여겨야 했어요. 하지만 다른 어른들이 그렇게는 못 하도록 막았다고.

만약 아줌마가 나에게 가라고 하지 않았다면, 아무 일도 없었던 것처럼 살라고 하지 않았다면 나는 아줌마의 손을 놓지 않았을 거고 그게 불행으로 이어졌다 하더라도 저는 살 수 있었을 거예요.

그런데 아줌마는 내 손을 놓았어요. 나는 버려졌어요.

그럼 나는 이제 뭐예요?

"야, 이상미! 너 나오래!"

교실로 들어오던 무리가 큰 소리로 외치더니 자기들끼리 서로를 부여잡고 자지러지게 웃었다. 상미는 고개를 숙이고 드르륵 소리를 내며 의자를 밀어 일어섰다. 미친년들, 이라고 입 밖으로 내고 싶었는데 그럴 용기가 없었다. 그 애들이 자신을 왜 괴롭히고 미워하는지 이유라도 알고 싶었지만 자기 자신을 뒤집어 탈탈 털어봐도 그런 이유는 존재하지 않았다.

남지호. 그 아이였다.

"왜 불렀어?"

"인터넷에 나오는 그 여자 있잖아."

"뭐……?"

"남편 죽었다는 여자. 불났을 때 너랑 같이 있던 그 여자 맞지?"

"뭐?"

"수련회 첫날 학교 앞에 왔던 여자랑 똑같은 사람이지?"

"왜 물어보는데."

"너네 둘이서 1교시부터 4교시까지 그 여자 얘기만 했잖아. 다 들리더라. 밥 사준다는 여자. 그 여자가 그 여자인 거지? 똑같은 사람?"

"그게 너랑 뭔 상관인데."

지호가 손을 들어 자기 구레나룻을 당겨 이리저리 꼬더니 갑자기 웃었다.

"야, 너 진짜 개쩐다."

"뭐?"

"기사에서도 너는 싹 빠졌더라? 사람 하나 더 있었다는 말은 어디에도 안 나오던데. 진짜 좆나 쩔어. 도망가니까 편하냐? 혼자 멀쩡하게 학교 나와서 사니까 편하냐?"

"씨발, 너, 나 알아?"

"응. 몰랐는데 나보고 발작이라고 지랄하는 거 보고 바로 알았어. 얼마나 쌍년인지. 네 친구, 걔도 너 볼 때 되게 띠꺼운 표정이었던 거 아냐? 그날 보니까 너만 좆나 신나고 걔는 마지못해 맞장구치더라. 억지로 웃으면서. 내가 진짜 어이가 없어서 관심이 가더라. 저렇게 싸가지도 눈치도 없으면 세상 어떻게 사나, 하고."

"아, 이 씨발 새끼가……."

"친구는 혼수상태인데 혼자 도망쳐서 좋으냐고."

"도망친 거 아니야."

"그걸 믿으라고? 너 반에서 왕따라며. 나대지 마. 왕따인데 개싸가지에 눈치도 없이 좆나 나대니까 더 왕따를 당하지. 야, 얼마나 불쌍했으면 살인 미수범한테까지 동정을 받았냐?"

"살인 미수범이라니, 씨발."

"살인 미수 맞지. 애 가두고 불 지른 년인데. 미친년들, 사이코패스끼리 알아서 놀지 불쌍한 걔는 왜 끼웠냐?"

"……."

"아, 사이코패스라서 희생자가 필요하냐?"

"안 닥치면 아가리 찢어버린다."

"찢어. 찢고 살인 미수범이랑 같이 수갑 차."

"……."

"그럴 용기도 없잖아. 원래 말만 좆같이 하는 것들이 행동은 못 하더라. 찌질하게 도망친 주제에. 친구 버리고 입 닥치고 있는 주제에. 너 같은 애를 친구라고 뒀던 걔도 진짜 불쌍하더라. 난 걔가 꼭 살았으면 좋겠어. 살아서 자기 친구라는 년이 배신을 어떻게 때렸는지를 좀 봤으면 좋겠어."

"……."

"아, 친구라고 말하기도 애매하다. 걔는 티 나게 널 싫어했으니까. 하긴 누가 너를 좋아하겠냐."

16

신고와 고소를 운운하던 유주의 부모가 엿새 만에 잠잠
해졌다. 유주를 보러 오는 일도 눈에 띄게 줄어들었다. 나타
나는 사람이 없으니 유주의 얼굴을 보기 위해서 옆과 뒤를
예민한 짐승처럼 살피며 잔뜩 움츠려야 했던 효윤의 몸도
점점 펴졌다.

그러나 그 이유가 남훈이었다는 것을 안 것은 이미 너무
늦었을 때였다.

모든 합의가 끝난 후.

합의라니.

무엇을 합의했단 말인가. 아무것도 모르는 사람들끼리

어떻게 유주와 효윤의 일을 합의했단 말인가. 합의했다면 그것은 효윤이 유주를 정말로 뭇사람들이 지껄이는 것처럼 그렇게 여겼다는 것 아닌가. 내 남편을 죽인 아이로. 복수해야 할 대상으로. 남훈에게 그리 큰돈 — 얼마인지 효윤은 알수 없었지만 — 이 있었을까. 합의했다면 그것은 그만큼의 돈이 유주, 그 아이의 값어치라는 이야기 아닌가. 어떻게 그걸 헤아릴 수가 있나. 유주가 무엇을 좋아하는지, 어떤 버릇을 가지고 있는지, 무엇에 대해 자주 말하고 어떤 생각을 가지고 있는지도 모르면서 오로지 몸뚱이의 값만 매겨놓고.

너는 한 번도 아빠를 배신하지 않은 적이 없었지만 이게 바로 부성애라고 남훈은 소파에 앉아 말했다. 부엌에 서 있던 효윤에게, 눈은 정면의 꺼진 티브이를 응시한 채로.

너는 애를 가져본 적도 없으니 모르겠지만 이게 바로 부모의 마음이란 거다. 나는 거지가 되어 길거리에 나앉아도 딸을 위해서라면 다 바칠 수 있는 사람이야. 자식인 너는 평생 알 수 없더라도 말이다. 나를 아무리 오해해도 절대 미워할 수 없는 것이 자식이야. 아무리 사고를 치고 또 아무리 엇나가도 내 자식이라 품어주는 게 부모다. 늙은 아버지를 집에 며칠씩 방치해도, 또 내 딸을 위해 남에게 무릎을 꿇고 지갑을 여는 게 부모란 말이다.

언젠가 유주와 상미에게 이야기했던 것처럼 남훈이 무슨 말을 하는지 이해하지 않으려 애써봤지만 불가능했다. 저건 내가 모르는 외국어라고, 마치 여행지의 식당에서 뜻 모를 라디오를 듣는 것과 비슷하다고 아무리 되뇌어도 손이 부들부들 떨리는 것을 멈출 수가 없었다. 누가 그렇게 맘대로 일을 처리하라고 했냐고, 당신이 그렇게 외쳐대는 부모의 마음이 대체 뭐냐고, 그 애의 부모가 어떤 인간들인지 당신이 아느냐고, 당신은 당신 자신을 제대로 된 아버지라고 생각하느냐고. 그렇게 묻는다면 남훈의 얼굴을 바라봐야 하니까, 눈을 맞춰야 되니까 물을 수가 없었다.

사실은 그래서 결국 이렇게 맘 편히 유주의 머리맡에 있는 게 가능한 것이었다. 남훈의 돈 때문에. 남훈의 돈으로 살았고, 아이들을 먹였고, 재웠고, 그리고 이젠 제지받지 않는 면회객이 되었다.

아이가 어떤 꿈 속을 헤매고 있을지 효윤은 상상할 수 없었다. 다만 자신의 마음은 비로소 알았다. 유주가 웃고 떠들고 걸어 다닐 때는 복잡했던 것이, 지금 아이가 인형처럼 말을 잃은 채 눕고 나서야 정리되었다는 사실에 자신의 무지함이 걷잡을 수 없이 혐오스러웠지만 그래도 이제는 알았다. 왜 유주에게 말을 걸고, 밥을 사주고, 재워주고, 이야기

를 들어주고 싶었는지. 왜 스스로도 이유를 모르면서 멈출
수가 없었는지.

이것이 사랑이야.

효윤은 생각했다.

이것은 내가 태어나 처음 겪는 사랑이야. 그때는 알아채
지 못했지만 이제는 알 수 있는 사랑이야.

부모에게도, 만났던 남자들에게도, 죽은 남편에게도 느
끼지 못했던 순도 백 프로의 사랑. 아이가 잘 먹으면 웃음이
나고 아이가 웃으면 행복하고 아이가 행복해하면 가슴이 터
지는 백 프로의 사랑. 아이가 슬그머니 흘려주는 마음의 조
각들을 먹고 사는 사랑.

어디서도 존재조차 배우지 못했던 사랑.

왜 사람들은 사랑의 종류를 손가락 개수로 꼽을 정도로
만 한정 짓는가. 왜 모두 자기 배 아파 낳은 새끼에 대한 사
랑이나, 자기 몸을 넣고 싶은 혹은 자기 몸에 들이고 싶은
사람에 대한 사랑만을 이야기하는가. 사람은 배운 만큼만
깨칠 수 있는데, 그렇게 적은 사랑의 종류만을 배웠기 때문
에 이전의 효윤은 자신이 사랑하고 있는지 알 수가 없었다.

효윤은 유주를 백 프로 사랑했다. 그걸 깨닫자 가슴이 터
지려 하다가, 아주 작게 짓눌려 쪼그라들어 아프다가, 또다

시 부풀어 터지려고 했다.

이름이라도 제대로 알려줬어야 했는데. 거짓 이름을 둘러 댄 것은 계획된 것이 아니었는데 그 얘길 과연 누가 믿어줄 까 싶었다. 아이들이 햄버거를 먹고 나오면서 자신의 이름 을 처음 물었을 때 효윤은 갖고 있던 영수증에 인쇄된 업주 의 이름을 자기도 모르게 대신 말해버렸다. 왜 그랬을까. 유 주가 효윤의 이름을 들으면 자기를 알아채고 겁먹게 될 것 같아서?

유주가 깨어나면 효윤이 어떤 사람이었는지를 알게 될 터 였다. 그때까지 감정의 근육을 단단히 다져놓아야 했다. 모 두가 손가락질하는 자신의 안에 사랑이 있지만 그 존재를 아는 것도, 신뢰할 수 있는 것도 오로지 효윤뿐이었다. 그 러니 무너진 믿음을 그러안고 괴로워할 유주 앞에서 그것을 온전히 열어 보이고 외칠 수 있도록 연습해야 했다.

아니다. 한 명이 더 있었다. 효윤이 사랑했던 이가 하나 더 있었고, 또 그가 효윤의 사랑을 증명해 줄 수 있는 유일 한 사람이기도 했다. 백 프로의 사랑은 한 명에게만 배당될 수 있는 것이 아니었다. 오히려 순도 높은 사랑만이 여러 사 람에게 가닿을 수 있는지도 몰랐다.

오래 기다렸다. 혹시라도 일찍 하교하지 않을까 싶은 마음에 점심시간이 막 끝났을 즈음부터 교문 근처를 서성였다. 옷가지를 몇 겹씩 겹쳐 입고 두꺼운 양말도 두 겹이나 신었다. 마스크까지 끼려다가 얼굴을 가린다면 왠지 상미에게, 그리고 누운 유주에게 떳떳하지 못한 사람이 되는 것 같아 그만두었다. 대신 후드를 깊게 눌러썼다. 애는 연기를 들이마시고 누워 있는데 나는 겨우 추위 때문에, 한겨울도 아니고 늦가을의 추위 때문에 이 유난을 떨고 있나. 신발을 꿰어 신으며 생각했다. 그래도 어쨌든 상미를 만나야 했다.

우르르 쏟아지는 똑같은 복장과 비슷한 머리 모양을 한 아이들 사이를 혹시 상미가 스르륵 지나지 않을까, 미처 잡을 새도 없이 빠져나가지 않을까 두려워 눈이 시큰거리며 아프도록 무리를 관찰했다. 시커먼 동복 재킷을 입은 아이들이 깔깔대는 웃음을 온통 흘리며 걷거나 뛰는 모습을 바라보았다. 우중충한 색과 특색 없는 디자인으로도 가릴 수 없는 그 젊음들. 서가에 미동도 없이 앉아 있던 두 아이에게 말을 걸었던 그날이 아주 오랜 일처럼 느껴졌다. 고요한 공간에 고인 그 두 개의 젊음과, 지금 거리를 재빠르게 흐르는 이 젊음이 과연 같은 종류일까. 분명 두 아이가 자신을 만나며 명랑해졌고, 말이 많아졌고, 또 조금씩 즐거움을 표현할 수 있게 되었다고 생각했는데 어쩌면 착각이었는지도 모른다고, 효윤은 그때 느꼈다. 유주와 상미가 아닌 다른 아이들이 얼마나 큰 목소리로 이야기하고 호탕하게 웃음을 터뜨리고 큰 몸짓을 그리며 움직이는지를 이토록 눈여겨본 것은 처음이었다. 어쩌면 내가 아이들을 보살폈던 게 아니라, 아이들이 내게 맞춰줬던 걸지도 몰라. 그제야 그런 마음이 들었다. 그제야. 나는 그런 줄도 모르고 오만하게 취해 있었던 것일까.

상미는 다른 아이들보다 늦게 나왔다. 혼자서 양손으로 책가방의 어깨끈을 부여잡은 채 터덜터덜 걸어 나오던 아이가 효윤을 보았다. 그러고는 고개를 돌렸다. 느릿하던 발에 속도가 붙었다. 금방이라도 전력을 다해 뛰어 사라지기 위해 시동을 거는 것처럼.

"상미야!"

효윤은 주저하지 않고 성큼성큼 걸어 상미의 책가방을 덥석 잡았다.

"상미야!"

사고 이후 처음 만나는 아이가 자신을 아무리 냉대해도 상처받거나 작아지지 말자고 이미 백 번도 더 스스로에게 약속한 터였다.

"상미야!"

상미의 손을 더듬어 잡았다가, 몇 시간을 밖에 서 있었던 자기 손이 너무 차다는 것을 깨닫고 금세 다시 놓았다.

"상미야!"

그러자 상미가 몸을 돌리더니 말했다.

"왜 아는 척해요. 도망가라고 했으면서."

아니다. 사실은 그 문장을 다 끝맺지 못하고 눈물이 쏟아 졌다. 어느 누구보다도 강해 보이고 싶어서 모든 힘을 다 쏟는 아이. 그래서 정작 자기 눈물 하나는 제대로 참거나 삼 키지 못하는 아이.

"왜 왔어요. 오지 말지."

"잘 지냈어?"

"왜 걱정하는 척해요. 그렇게 버려놓고."

"여기 손수건 있으니까 눈물 좀 닦자."

"왜 거짓말했어요. 왜 옛날부터 유주를 알았으면서 모르 는 사람인 척했어요."

"미안해."

"그때 왜 나한테 말 걸었어요. 유주한테나 걸지. 나는 왜 챙겼어요."

"이제 다 말하려고 왔어."

"지금 나더러 그걸 믿으라는 거예요, 어떻게."

"안 믿어도 돼. 멀리 떨어져 있어도 돼. 처음 네가 그랬던 것처럼. 그냥 한 번만 들어줘. 그러면 돼. 어디 들어가서 이야기할래?"

"무서워요. 아줌마가."

"……."

"사람들이 아줌마보고 살인 미수범이라고 하잖아요."

"상미야."

"아니면 아니라고 이야기해야지 왜 아무 말도 안 해요. 나는 아닌 거 아는데, 근데 아줌마가 아무 말도 안 하고 그러니까 너무 무섭잖아요. 저는 누굴 믿어야 돼요?"

"한 번만 들어줘. 그러고 나서 네가 결정해."

"상미야, 아줌마는 정말 이상한 사람이야. 그리고 능력 없는 사람이기도 하지. 집에서 도망치겠다고 아주 어렸을 때부터 생각했지만 결국 스스로의 힘으로는 하지 못했어. 결혼을 택했는데 남편이 죽는 바람에 다시 돌아왔어. 미워하는 아버지 돈으로 살았고. 그래, 그 돈으로 너희들 밥 사줬어. 아무 일도 하고 싶지 않았고 아무 일도 할 수가 없어서 아무 일도 하지 않았어. 그러니까 나는 누군가에게 좋은 사람이라고 불릴 만한 자격은 없어. 그렇지만 사람들이 떠들어대는 그런 사이코패스는 아니야. 처음에는 유주가, 내 남편이 구했던 아이가 어떻게 살고 있는지 궁금했던 것이 맞아. 그렇지만 그다음엔 내 행복을 따라간 거야. 내가 누군가에게 웃음을 줄 수 있다는 사실이 기뻤어. 부모보다 더 좋은 어른이 될 수 있다는 사실에 신이 났나 봐. 비위도 참 강하지, 그 돈을 가지고. 그렇지만 그랬어. 너에게도 마찬가지야. 네가 웃는 게 좋았고 말이 점점 많아지는 게 기뻤어. 그리고 무엇보다 너는 나를 닮았어. 나는 내가 어린 나를 키운다면 정말 사랑으로 잘 키울 수 있다고 생각해 왔지. 너를 만나고 가끔은 내게 기회가 온 게 아닐까 하는 착각까지 들었어, 상미야. 그랬어."

효윤이 더 말하지 못한 생각은 이랬다. 왜 우리는 서로를 할퀴고 상처를 준 다음 아무 일도 없었다는 듯 뻔뻔하고 고매한 척 구는 사람이 되지 못할까. 다 그렇게 사는데. 때린 자들은 쉽게 망각하지만 맞은 사람은 절대 일어나지 않았던 일로 여길 수 없지. 맘대로 세상에 던져놓고선 자신이 원하는 대로 꼭두각시처럼 굴기만을 바라는 사람들은 왜 세상에 이렇게나 많고, 또 동의하지도 않은 의무를 지게 만드는 걸까. 타인보다도 못한 사람들이 쳔 올가미를 부르는 이름이 뭔 줄 알아? 혈연. 핏줄. 내 새끼. 어떻게 자아를 가진 대상에 대해 소유권을 주장할 수 있는지. 핏줄이란 이름의 환상은 굴레를 만드는 것일까. 가족이란 울타리에 속하지 않은 타인은 그저 완벽한 타인일 뿐이라는 인식. 마치 태어나서부터 작은 통에 갇혀 더 이상은 높이 뛰어오를 수 없게 된 개구리처럼, 이타심이라는 단어는 더 광활하고 깊어질 수 있는 마음을 좁고 얕게 만들잖아.

재는 왜 아무 관련도 없는 사람들에게까지 잘하는 거야?

그거야 재가 특이해서. 하여간 특이해.

대단하지, 대단해.

그런 말들이 사랑의 가능성을 소거하는 것. 자신의 마음조차 인지하지 못하게 만드는 것. 내가 유주에 대한, 또 상미 너에 대한 마음을 정리하지 못해 잠 못 이루며 괴로워하던 나날들을 보내야 했던 이유.

상미는 대답했다.

"아줌마를 몰랐다면, 우리가 같이 그렇게 밥을 먹지 않았다면 저도 아줌마를 믿지 않았을 거예요." 그리고 덧붙였다. "저는 예전부터 사랑받은 적이 없어요. 생각해 보면 저를 아는 사람들은 저를 사랑하지 않았던 것 같아요. 그러니까 저를 모르는 사람에게만 자꾸 의지했어요. 그 가능성. 저를 알게 되면 모두 저를 싫어하게 되는 것 같았어요. 저한테는 미움이 섞이지 않은 말을 나눌 수 있는 사람이 아줌마와 유주밖에 없었는데 가끔은 유주도 저를 싫어하고 미워하는 것 같았어요."

"상미 너는 나를 미워한 적 없니?"

"네?"

"내가 싫어지거나, 내 행동을 이해하지 못하거나, 짜증 났던 적 없니?"

"몰라요."

"솔직히 말해도 돼."

"가끔 있었어요……. 최근에는 자주."

"그럼 나는 네가 싫어하고 미워하는 사람일까?"

"아니요……."

"나랑 같이 유주를 보러 가자. 내가 잘못했어. 도망가라고 한 거, 아무 일도 없던 것처럼 굴라고 한 거. 내가 잘못 생각했어."

"보러 가도 괜찮아요?"

"괜찮아도, 안 괜찮아도. 원하는 대로."

17

유주는 자주 꿈을 꾸었다. 꿈에서 유주는 다리를 절뚝거리지 않았다. 물속에서 자신을 끌어당겼던 남자를 만날 수 있었는데 처음에는 조금 이상했다. 그런 걸 물으면 안 된다고 생각했는데 자기도 모르게 말이 나왔다. 다시 살아났어요? 어떻게 여기 왔어요? 그러자 남자는 빙그레 웃었다. 처음부터 이곳에 있었는데. 그냥 네 눈에 보이지 않았던 것뿐이야. 남자는 영정사진으로 봤던 그 얼굴 그대로여서 유주는 퍽 신기했고, 또 조금은 뿌듯하기도 했다. 아저씨 실제 얼굴이 사진이랑 똑같아요, 결국 저는 아저씨를 제대로 기억했던 거예요. 은인의 얼굴을 기억하지도 못하면 제가 어떻게 고개를 들고 살 수 있겠어요?

한집에서 셋이 사는 꿈도 꾸었다. 유주, 상미, 그리고 진영. 유주와 상미가 안방을 차지하고 진영이 작은 방을 혼자 쓰기로 했지만 사위가 어둑해지면 셋 다 슬그머니 이불을 끌고 거실에 모였다. 거실에 티브이가 있잖아. 티브이 보려고 나온 거야. 상미는 머쓱한지 그렇게 변명을 했다. 셋이서 함께 티브이를 보려면 서로 양보를 해야 했지만 공통적으로 좋아하는 것들도 있었다. 이를테면 동물들이 나오는 프로. 버려지고 괴로워하던 동물을 본 사람들이 제보를 하고, 그 제보를 받은 제작진들이 전문가와 함께 찾아가 구출하고 보살피는 프로. 그걸 보면 진영이 끅끅 소리를 내며 울었고 그래서 유주는 자기 울음을 들키지 않도록 잘 묻어둘 수 있었다. 그럴 때마다 이상하게 꼭 상미는 배를 깔고 엎드려 있어서 무슨 표정을 짓고 있는지 보는 것이 불가능했다.

학교에 가야 하는데. 어느 날의 꿈에선 퍼뜩 그런 생각이 들어 벌떡 몸을 일으켰다. 얼른 세수를 하고, 머리도 감고 교복을 입고 나가야 하는데. 스스로에게 그런 말을 하며 일어나 화장실로 향했다. 수도꼭지를 돌렸다. 콸콸 쏟아지는 물에 몸을 씻었다. 수건으로 물기를 닦고 나왔는데 문을 나서자 갑자기 다른 집이었다. 진영도 없고 상미도 없었다. 항상 거실에 나뒹굴던 서로의 이불도 없었다. 샤워하러 들어가기 전 문 앞에 벗어놓았던 옷가지도 모두 온데간데없었다. 놀라고 무서워서 갑자기 지독한 요의가 몰려왔다. 여기는 어디지? 추위를 타는 것처럼 갑자기 이가 아래위로 딱딱 소리를 내며 부딪쳤다. 이모, 상미, 다 어디 갔어? 몇 번을 불러도 대답이 없었다. 캄캄한 사위에 시계 소리만 크게 울렸다. 시간이 가는데, 학교에 가야 하는데, 사람들은 아무도 없고 여긴 어딘지 모르겠는데…… 덜덜 떨다가 그만 더 이상 참지 못했다. 뜨거운 오줌 줄기가 두 다리를 타고 흘렀다. 부끄러워서 더는 둘을 크게 부르지 못했다. 어딨어, 다들 어딨어…… 하고 아무에게도 들리지 않을 만큼 되뇌다 보면 갑자기 툭, 하고 모든 것이 암전되어 멀고 아득한 무의식의 구덩이로 빠져들곤 했다.

상미와 싸우는 꿈도 있었다. 이상하게 예전과 달리 하고 싶은 말을 다 할 수 있었다. 그러고 나면 상미가 금방 사과를 했고 다시 웃으며 떡볶이 먹으러 가자는 말을 했다. 이렇게 쉬울 거였으면서. 상미의 뒤를 쫓아가며 옛날 생각을 했다. 이렇게 금방 끝났을 거였으면서 왜 아무 말도 하지 못했었는지. 뭘 그렇게 어렵게 생각했는지.

한번은 가족을 만났다. 가족은 얼굴이 보이지 않는 동생과 함께였다. 어디 가니. 이리 와. 유주는 진영의 손을 피가 통하지 않을까 걱정될 정도로 꽉 잡고 있었는데, 엄마가 저쪽에서 손짓했다. 그 여자는 네 엄마가 아니야. 이리로 와. 엄마가 계속 유주를 불렀다. 이리 와. 와서 동생이랑 지내야지. 사이좋게 놀아야지. 그래야 착한 내 딸이지. 유주가 고개를 돌려 진영의 얼굴을 바라보았다. 상미는 어디 있어요? 유주가 묻자 진영이 대답했다. 상미는 집에 갔어. 너도 집에 가야지. 이거 놓고 엄마 아빠한테 가야지.

그런 대답을 들으면 갑자기 꿈이란 걸 깨달았다. 진짜 이모는 그런 말을 절대 하지 않을 거야. 이건 꿈이야. 진짜가 아니야. 그렇게 깨닫고 나면 갑자기 모든 것들이 다시 사라지고, 너무 깊어서 끈적거리는 잠에 빠져들었다.

"사람들이 수군거려요. 병실에 있는 사람들도, 여기서 일하는 사람들도……."

자판기에서 뽑은 커피를 들고 벤치에 앉아서 상미가 말했다. 엉덩이가 시렸다.

"아줌마도 느꼈죠?"

"응."

"어떻게 혼자 참고 다녔어요?"

"결국엔 뭐든 익숙해지나 봐."

하얀 종이컵에 상미의 입술 모양이 붉게 찍혔다. 고시원에서 자던 날 유주가 가져온 립스틱 중 하나였다. 원 플러스 원이라 두 개 샀다고 했다. 얼굴이 흰 유주에게는 핑크가 어울렸고, 조금 까무잡잡한 상미에겐 코랄빛이 도는 색이 더 나았다. 유주가 그 립스틱을 선물이라면서 상미의 옷 주머니에 슬쩍 넣어주었다. 엄마가 출근하기 전 급하게 믹스커피를 한 잔 쭉 들이켤 때 흰 잔에 이렇게 립스틱 자국이 나곤 했다. 아직 엄마에 대한 기대를 내려놓기 전에, 아직 엄마를 이해하고 사랑하고 싶었고 또 그 사랑을 갈구했을 때, 상미는 엄마가 나가고 없는 그 식탁 자리에 앉아 엄지손가락으로 잔에 묻은 그 자국을 닦아내곤 했다. 그러면 엄지손가락이 벌겋게 변했다. 아주 오래전의 일이었다.

"유주 얼굴이 너무 말랐어요."

상미가 종이컵 가장자리를 잘근잘근 씹었다.

"화장했을 때 예뻤는데. 지금은 너무 마르고 꺼칠꺼칠해요. 병실이 너무 건조한가."

"그래."

"다시 일어날 수 있다는 보장만 있으면 사진 찍어놓고 싶어요. 나중에 놀리게. 너 이렇게 못생겼었다고 하게."

"일어날 거니까 아줌마 핸드폰으로 찍어놔."

"몰라요. 근데 아픈 애 두고 이런 말 하는 것도 참 저 같은 일이죠?"

"아니야."

"유주가 저를 미워했어도 괜찮으니까, 그리고 또 미워해도 되니까 유주랑 다시 얘기할 수 있었으면 좋겠어요."

"안 미워해."

"아니에요. 아줌마가 말했던 대로 언제는 절 좋아하고, 언제는 절 미워하거나 어려워했을지도 몰라요. 하지만 유주가 얼른 일어났으면 좋겠어요. 사실 학교에서 저를 괴롭히는 애들이 죽었으면 좋겠다는 생각은 엄청 많이 했거든요? 저 되게 나쁜 사람이거든요. 누군가가 살아났으면 좋겠다, 무사했으면 좋겠다 뭐 이런 생각은 거의 안 하고 살았어요. 근데 유주한테는 그런 마음이 들어요."

"네가 착해서 그래."

"일어나면 모든 게 다 미안했다고 말할 거예요."

"금방 말할 수 있게 될 거야."

벤치가 차가웠지만 둘 다 이상하게 일어나고 싶지가 않았다. 지금 무슨 일이 일어나고 있는 걸까. 타임머신을 타고 뒤로 가서 어떤 일이 일어날지 미리 보고 싶다고 상미는 생각했다. 그러면 비겁하게 도망갈지, 희망을 가지고 기다릴지 금방 결정할 수 있을 테니까.

"아줌마."

"응?"

"나중에 제가 어른이 되면요."

"응."

"꼭 밥 사줄게요. 술도 마셔요."

효윤이 잠깐 웃었다.

"갑자기 뭐 이렇게 뜬금없는 이야길 하는 거지?"

"왜냐하면요."

"응."

"그때까지 죽지 말라는 말이에요."

"음."

"저 스스로 죽지 말자는 말이기도 하고요. 전 진짜 잘 살 거예요."

"그래."

"그리고 유주랑 같이 가서 밥 살게요. 돈 절반만 들게."

"그래, 그때 되면 밥값도 엄청 오를 텐데."

"아줌마."

"응?"

"만약 우리가 서로를 믿을 수 없게 되거나, 멀어지게 되거나 연락이 끊겨도요."

"응."

"그래도 도서관은 안 없어지지 않을까요. 아님 터라도 남아 있겠죠."

"그렇겠지?"

"5년만 있으면 우리가 스무 살이거든요. 날짜랑 시간 정해서 그 앞에서 만나요."

"옛날 드라마 같다. 상미야. 안 어울리게 왜 이래."

"아, 진지하게 말할 땐 그냥 진지하게 들어주면 안 돼요?"

"알았어. 잘못했어."

너희는 멋진 어른이 될 거야. 나같이 나약하고 도망칠 곳만 찾는 사람이 아니라. 그리고 아마 나를 기억하지 못하게 될 거야. 나를 기억하지 못할 만큼 정신없이 신나는 삶을 살 수 있게 된다면 좋겠어. 나는 그때까지 살아 있다면 네가 말한 그날 그 시각 그곳에 갈 거야. 거기 서서, 너희가 오기를, 그리고 오지 않기를 바랄 거야. 보고 싶겠지만 지금보다 더 나이 들고 더 시들어갈 나를 생각하기엔 너무 바쁜 어른들이 되면 좋겠어, 너희가.

　유주의 잠이 점점 얕아졌다. 두꺼운 암막 커튼으로 덮어
놓은 듯 캄캄하기만 했던 의식이 아주 얇은, 저쪽이 풍경이
설핏설핏 비치는 종잇장이 되었다. 더 선명하고 색깔이 진한
꿈을 점점 더 많이 꿨다. 꿈을 꿀 때에도, 그전에 꾼 꿈을 기
억하며 서로 맞지 않는 퍼즐 조각을 찾아내는 것에 익숙해
졌다. 가끔 숨이 가쁠 때면 울기도 했는데 숨이 가빠 슬픈
건지, 울음이 나서 숨쉬기가 힘들어지는 건지는 조금 헷갈
렸다.

　감각이 조금씩 돌아왔다. 사지를 잘 움직일 수 있던 꿈은
오히려 줄어들었다. 막바지의 꿈에서 유주는 주로 누워 있
거나 혹은 묶여 있었다. 자꾸만 조바심이 나서 오줌을 흘리
는 것만 변치 않고 여전했다.

　마침내 두 눈을 떴을 땐 깊은 밤이었고 가슴이 몹시 아팠
다. 천장만 봐도 고시원이 아니라는 사실을 알 수 있었다.
겁이 나서 손을 휘저으려 했는데 쉽지 않았다. 이것도 꿈인
걸까? 이미 몸을 움직일 수 없는 꿈을 너무 많이 꿔서 몹시
헷갈렸다.

　누군가 가까운 곳에서 저벅저벅 걸어오는 소리가 들린 것

도 같았다. 목이 못 견디게 쓰라렸다. 숨이 가빴다. 허공에
손을 휘저었다. 힘이 들었다.

18

"아줌마가 매일 와서 너를 보고 갔어."

상미는 동복 재킷을 입고 있었다. 유주가 동복을 입은 상미를 본 것은 처음이었다. 춘추복 조끼를 입은 걸 처음 본지도 얼마 되지 않은 것 같았는데.

"네가 깨어났을 때 밤이면 어떡하냐고, 놀라면 안 된다고 걱정이 많았어. 난 병원에서 알아서 할 테니까 마음 편하게 먹으라고 했는데, 정말로 네가 밤에 깨어나서 무서워할 줄은 몰랐어. 미안해. 아줌마가 뭐라도 해놔야 한다고 할 때 말을 들었어야 했나 봐. 나는 항상 왜 이렇게 바보 같을까."

유주는 말을 하고 싶지 않아 눈을 많이 깜박였다.

"다른 덴 괜찮아?"

아무 반응을 보이고 싶지 않았다.

"아줌마한테 같이 오자고 했는데 못 오겠대."

눈만 다시 깜박였다.

"유주야."

상미가 갑자기 눈물을 흘렸다. 더럽고 끈끈하게.

"아줌마는 아무 잘못이 없어. 다 나 때문이야. 말했잖아. 내가 나가자고 해서 그래. 아줌마는 너 혼자 자고 있어서 안 된다고 했는데 내가 될 때까지 졸랐어."

유주는 눈을 감았다.

"유주야, 아줌마는 정말로 아무 잘못이 없어…… 그러니까……."

눈을 깜박이지 않고 상미의 얼굴을 계속 바라보았다. 얼굴에 열이 오르는 게 느껴졌다. 나는 울지 않을 거야. 절대 울지 않고, 가장 지독한 미움만을 담아 너를 바라볼 거야. 유주는 그렇게 생각했고, 거짓말처럼 정말로 눈은 물기 없이 건조했다.

웹페이지란 웹페이지는 모두 찾아보았다. 기사는 생각보다 많지 않았으나 여러 커뮤니티에서 꽤 뜨거운 관심을 받은 모양이었다. 그러나 어디서도 사람이 하나 더 있었다는 이야기는 보이지 않았다. 상미의 그 어떤 변명도 듣고 싶지 않아서 혼자 스스로 이유를 몇 가지 가정해 보았다. 경찰의 수사가 형편없어서 현장에 사람이 몇 명 있었는지조차 파악하지 못했을 수도 있고, 심상치 않은 일이 벌어지는 것을 보고 그 애가 비겁하게 슬그머니 도망을 쳤을 수도 있었다. 어쨌거나 중요한 것은 효윤이, 함께 있던 상미의 존재를 아무도 알지 못함에도 불구하고 바로잡으려 하지 않았다는 것이고 그 이유는 아마도…….

아마도 개를 보호하기 위해서였겠지. 기가 찼다. 유주는 이것이 미운 마음이란 걸 모르지 않았지만 자신은 그래도 되었다. 그럴 자격도 권리도 있었다. 버려졌으니까. 머리도 목도 가슴도 아프니까. 죽도록 미워할 당위성이 존재했다. 모두 불행해졌으면 싶었다. 어때? 둘이서 손잡고 나를 이렇게 만들었으니 다 같이 불행하게 살아보자고.

일부러 의사가 회진을 돌 때와 엄마가 자리에 있을 때가 겹치는 순간을 기다렸다. 의사가 침대로 가까이 왔을 때, 유주는 다 쉰 목소리로 엄마에게 물었다.

"왜 나한테 묻지도 않고 합의했어요?"

의사가 옆에 멈추었다.

"난 합의 싫어요. 경찰은 어디 있어요?"

"얘가 갑자기 왜 이래."

"나한테 물어보지도 않고 맘대로 했잖아요."

"얘……."

"피해자는 누구도 아닌 나예요."

의사에게로 얼굴을 돌려 다시 말했다.

"피해자는 저예요. 선생님. 도와주세요."

의사가 몸을 숙였다.

"하고 싶은 말이 있니?"

유주는 고개를 끄덕였다.

"네. 해야 할 말이 있어요."

"무슨 말인지 먼저 잠깐 들어도 될까?"

유주는 침을 한 번 꿀꺽 삼키고, 병실의 모든 사람이 듣도록 큰 목소리로 말했다.

"불, 제가 냈어요."

19

효윤은 몇 번이고 방송 화면을 돌려 보았다. 아주 뿌옇게 모자이크로 처리되어 있었지만 짧은 머리는 영락없는 진짜 유주였다.

"자다가 화장실에 가고 싶어서 일어났는데 주변에 아무도 없었어요. 깜짝 놀랐는데 화장실이 더 급해서, 일단 방을 나와서 화장실에 갔고요."

"방을 나와서?"

"거긴 샤워실은 별도인데 화장실이 공용이었거든요."

"네, 그리고요?"

"방에서 나갈 때 문을 잠그질 못했어요. 잠결이라 정신이 없었고, 아까 말씀드린 것처럼 얼른 화장실에 가야 했으니까요. 그게 잘못이라고 한다면 네, 그건 제 잘못이 맞겠죠."

"아니에요, 학생, 아무도 그렇게 생각 안 해."

"그러고 방에 들어왔는데 불이 꺼져 있었어요. 내가 불을 안 켜고 나왔나? 기억이 안 났는데요."

"네."

"들어와서 문 닫고 불을 켜니까 방에 누가 있었어요."

"누가."

"어떤 아저씨가요. 저를 보자마자 막 바지랑 속옷을 벗었어요."

"울지 마, 학생."

"근데 제 가방에 라이터가 있었어요. 친구랑 같이 피워보고 싶어서 담배랑 라이터를 사 갔었거든요."

"네."

"막 너무 무서워서 손이 덜덜 떨리는데……."

"네."

"그걸 찾아서 눈에 보이는 아무 데나 막 불을 붙였어요."

"그 남자 얼굴은 기억나요?"

"죽은 사람이 그 사람일 거예요."

"어떻게 알아요?"

"몸에 불붙는 걸 봤어요."

되감고, 또 되감고, 다시 되감고.

아예 그 아이를 알기조차 전으로 돌릴 수만 있다면.

죽어버리고 싶었다. 죽고 싶다는 생각이 이토록 강하게 든 적이 있었던가. 어린 시절에도, 남편이 죽었을 때도, 남훈과 둘이서 사는 동안에도 이렇게까지 느낀 적은 없었다. 아니, 정확히는 죽어버리는 것보단 죽여버리고 싶었다. 자기 자신을. 실제로 일어난 일도, 아이가 방어를 하지 못했다면 벌어졌을 일도 모두 지옥 같았다. 아이는 사람을 죽인 사람이 됐다. 효윤 때문에. 효윤이 유주를 혼자 두고 그곳을 나가버렸기 때문에.

유주를 인터뷰한 케이블방송 프로는 간만에 화제의 중심에 오른 듯했다. 뉴스 상위권이 죄다 그 이야기로 도배되었다. 조회 수도, 댓글 수도 압도적이었다. 화재가 났던 직후와는 비교할 수 없을 정도로. 효윤은 그걸 하나하나 다 읽었다. 자신을 저주하는 글들을 전부.

유주에게 다가가서는 안 됐던 거였다.

궁금해도 만나려 해서는 안 됐던 거였다.

어줍지 않게 좋은 어른 행세를 하려 해서도 안 됐던 거였다.

다시는 유주도, 상미도, 또 어느 누구의 얼굴도 보지 못할 것 같았다. 아이, 어른, 여자, 남자, 그 누구의 얼굴도. 누구의 얼굴이든 전부 유주의 과거와 현재와 미래로, 그리고 죽은 그 남자의 과거와 현재와 부재하는 미래로밖에 느껴지지 않을 테니까.

베개에 고개를 묻었다. 몸에서도 머리에서도 냄새가 났다. 며칠을 밖에 나가지 않았는지 기억이 나지 않았다. 남훈은 아주 가끔 헛기침을 하거나 식탁 의자를 이리저리 끌기를 반복했으며, 끼니때마다 신발을 꿰어 신고 밖에 나갔다. 효윤은 남훈의 인내심이 점점 바닥을 드러내는 걸 알 수 있었다. 모든 것을 잊고 혼자 지낼 수 있던 아지트는 효윤의 앞에 놓인 덫이었고 지금은 불에 새까맣게 타버렸는데 이제 어디로 가야 할까.

눈을 감았다. 도망칠 수 있는 곳은 긴 잠뿐이었다.

진중한 척하지만 왠지 신이 난 목소리의 사회자는 이렇게 말했다.

"저희는 그 누구도 알지 못했던 사실을 하나 더, 피해자인 A양의 입을 통해 들을 수 있었습니다."

"사실 제가 정말 제일 모르겠고, 또 화가 나는 건요. 사고가 나고 며칠 후에 뒤늦게 깨어났는데 사람들이 모든 걸 잘못 알고 있었다는 거예요. 대체 왜? 대체 무엇 때문에? 제가 혼자가 아니었고, 동갑내기 하나가 그 방에 더 있었는데 그걸 왜 아무도 모른 걸까요? 그 아줌마는 걔를 왜 숨긴 걸까요? 걔는 왜 자기가 거기 있었다고 말하지 않고 도망친 걸까요? 저는 그게 제일 화가 나요. 그 아줌마랑 걔랑 셋이서 다녔는데, 나쁜 일이 생기자마자 걔는 쏙 빠져서 도망쳤어요. 그게 이상해요. 혹시 걔가 그 아줌마랑 한 패였나, 싶은 상상도 막 생기고, 또…… 걔랑 저랑 같은 학교거든요. 퇴원해서 학교 돌아가면 걔를 봐야 되잖아요. 그 생각 하니까 너무 무서워요…… 또 무슨 일이 일어날까 무섭고……."

"그리고 놀랍게도, B씨가 또 다른 여학생을 도주시키는 것을 목격한 같은 학교 학우가 있었습니다."

"제가 봤어요. 편의점 다녀오다가 고시원에 불났길래 구경하고 있었거든요. 그때 봤어요. 어떤 아줌마가 여자애 도망시키는 거요. 우리 학교 애였어요. 걔도 분명히 제 얼굴을 봤을 거예요. 같은 학교인 거 알겠죠. 그날부터 항상 학교

가는 게 무서워요."

"왜 솔직하게 얘기하지 않고 숨긴 거니."

어제는 교실에 내내 들어가지 못했다. 교장실에서 교장, 교감, 담임, 그리고 경찰복을 입은 어른 둘과 함께 앉아 있어야 했다.

"행여나 네가 관여되어 있지 않다 하더라도 아는 것은 최대한 솔직하게 모두 말했어야 할 일이야."

교장은 꼭 도덕 교과서처럼 말했다.

"말을 해봐. 그 여자가 어떻게 접근했는지, 그날 왜 유주만 버려두고 밖에 나와야 했는지."

상미는 고개를 푹 숙였다. 어떤 말을 하면 효윤에게 피해가 가지 않을지 아무리 생각해도 알 수 없었다. 굶주림이라는 단어의 기역 자를 말하면 거기서 말을 끊곤 기역 하나로 수많은 상황들을 멋대로 만들어낼 수 있는 것이 어른의 상상력이니까. 가출, 구타, 감금, 강간⋯⋯.

"말을 해!"

담임이 느닷없이 소리를 치자 교감이 헛기침을 했다. 상미는 이를 앙다물었다. 매일 귀찮아했던 주제에 이제 와서 왜 지랄이야.

"학생, 힘들겠지만 솔직히 말해줘요. 우린 누굴 잡아가려고 온 게 아니에요. 정확한 상황을 알고 싶어서 온 거지."

경찰복을 입은 어른은 조금 나았다.

"학생이 솔직히 말해주면 잘 해결될 수도 있어요. 그 어른에게 악의가 없었다는 게 증명될 수도 있으니까."

"아줌마한테 악의 정말 없었어요."

"그러니까, 학생. 그걸 학생이 말해주면 되잖아요."

가지고 있던 모든 언어를, 그 모든 사연을 어제의 교장실에 다 쏟아부어버리고 텅 빈 껍데기만 남았다. 경찰복을 입은 어른의 부축을 받으며 복도로 나오자 하필이면 점심시간이었다. 길게 줄을 선 아이들이 대놓고 자신을 쳐다보며 수군덕댔다. 시선을 숨기지도, 입을 가리지도 않았다. 꼭 모두가 밖에 나와 활개를 치는 이때 나를 동물원 원숭이처럼 내보내야만 했을까? 좀 더 기다렸다가, 모두 밥을 먹고 들어가 수업을 들을 때 안전하게 보내도 됐을 텐데. 경찰이 뒤늦게 자리를 바꿔 자신이 아이들 쪽에 서서 걸었다. 그러나 늦어도 이미 한참 늦었다. 그도 어른이니까. 어른들은 언제나 믿을 수 없을 정도로 생각이 짧았다. 나이가 들수록 더 그랬다.

교실에는 아무도 없었다. 모두 삼삼오오 짝을 지어 밥을 먹거나 운동장을 쏘다니며 수다를 떨고 있을 터였다.

"밥은 안 먹어도 되겠니?"

경찰이 물었다. 넘어가겠냐고 되묻고 싶었지만 그냥 고개만 끄덕였다. 학교에 더는 있을 수가 없었다. 책가방을 싸서 화장실에 숨어 있다가 5교시가 시작하자마자 담임에게 조퇴하겠다고 말할 참이었다. 책상 고리에 걸려 있던 가방을 책상 위로 던져놓곤 그 안에 이것저것을 쑤셔 넣는 상미를 바라보던 경찰이 다시 말을 건넸다.

"집에 가려고?"

고개를 끄덕였다.

"데려다줄까?"

고개를 저었다. 그러자 그는 다가와서, 주머니에서 부스럭대며 뭘 하나 꺼냈다. 초코바였다.

"밥을 안 먹었는데 이거라도 먹으렴."

그러고는 등을 돌려 교실을 빠져나갔다. 상미는 그걸 쓰레기통에 던져 버렸다. 이젠 평생 누가 무엇을 먹으라고 줘도 먹을 수가 없을 것 같았다.

다음 날부터 상미는 정말로 아팠다. 열이 39도까지 오르더니 떨어질 생각을 하지 않았다. 일어설 수도, 걸을 수도 없었다. 엄마가 외투를 입고 옆구리에 가방을 낀 채 내려다보길래, 말하려고 했다. 기어가라고 하지 마, 그럴 힘도 없어. 그러나 목이 퉁퉁 부어서 나오는 거라고는 쉿소리뿐이었다.

언젠가 효윤이 그런 말을 해준 적이 있었다. 아마 유주가 간밤에 악몽을 꿨다고 이야기했던 여름날이었을 것이다.

"아줌마도 확실히 믿는 건 아닌데 어디서 그러더라. 꿈은 뇌가 위험에 대비하기 위해 연습을 하는 거래."

"네?"

"자신이 가장 두려워하는 일이 실제로 일어났을 때 죽을 만큼 너무 놀라진 않게 악몽을 꾸면서 연습하는 거지. 시뮬레이션 돌리듯이."

"헤, 정말요? 이상하다. 악몽은 대부분 말도 안 되는 거잖아요. 괴물이 쫓아온다거나 엄청 높은 곳에서 떨어진다거나 하는……."

"그러니까. 어떻게 생각하면 인간은 참 불쌍하지. 가능하지도 않은 일을 두려워하면서 괴로워하고 잠을 설쳐야 되니까."

학교에 가지 않고, 몸도 움직이지 않고, 침대에 누워만 있으니 잠이 오지 않았다. 가끔 선잠이 들면 타버린 남자에 대한 꿈을 많이 꿨다. 새까만 사람이 유주의 앞에 알몸을 드러내고 서 있었다. 그러면 유주는 꿈에서도 알았다. 이건 이미 끝난 거잖아. 그런데 왜 자꾸 다시 나타나는 거야? 왜 미래가 아닌 일에 대한 연습을 엉뚱하게 다시 하려 드는 거야?

퇴원을 하고 나서도 방의 불을 끌 수가 없어서, 시리도록 밝은 형광등을 내내 켜두었다. 경호가 그 얘길 듣곤 큰아버지에게 이야기해서 은은한 빛이 나는 무드등을 택배로 보내주었다. 그렇지만 등을 켜면 커다란 그림자가 벽면을 덮어 더 무서웠다. 그래서 불을 켜지는 않고, 손을 뻗으면 닿을 수 있는 머리맡에 두었다. 무슨 일이 생기면 그걸 힘껏 휘두르리라 생각하면서. 나름대로 좋은 흉기가 될 것 같았다.

엄마가 변한 것을 좋아해야 할지 알 수 없었다. 엄마의 삶에 갑자기 촉촉하게 생기가 흘렀다. 종일 어디론가 전화를 걸고, 또 받고, 노트북을 붙들고 있다가 인터뷰 날짜를 잡기를 반복했다. 방에 자주 들어와서 유주를 안아주었다. 사랑하는 내 딸, 얼마나 힘들고 무서웠을까. 그 믿을 수 없는 온도 차에 유주는 어리둥절하다가 이윽고 깨달았다. 엄마는 드디어 남들에게 보이길 원했던 자신의 모습을 만들어낸 것이다. 용감한 행동으로 비극에서 벗어난―물론, 비극이 실제로 일어나지 않았다는 사실이 어른들을 안심시켜 더욱 열광하게 만드는 듯했다. 나쁜 일을 당한 아이들이 어떤 방식으로 더 구석에 몰려 가해자가 당하는 것보다 더한 괴롭힘을 당하는지 정도는 유주도 잘 알고 있었다―딸을 품은 채 분노와 슬픔을 표출할 수 있는 주인공. 어쩌다 발생한 화재에서 살아남은 딸과 성폭행 미수범에게 불을 질러버린 딸은 전혀 다른 사람이었다. 엄마는 후자 같은 딸을 원했다. 주목받는 딸을. 막상 유주는 변하지 않았는데 자신을 둘러싼 모든 것은 집채만 한 파도를 타고 요동쳤다.

그걸 싫어해야 하나?

자신의 마음을 알 수가 없었다. 엄마가 저러는 것이 당황스러웠지만 정말 오랜만에 받아보는, 전력을 다한 애정과 관심은 바로 자신이 이끌어낸 것이었다. 엄마뿐이 아니었다. 어른들 전부가 유주를 신경 쓰고 챙기고 또 궁금해했다. 그리고 죽은 남자가 실제로 전과를 가진 성범죄자였다는 게 알음알음 밝혀졌을 때 인터넷상에서 유주는 하루아침에 소녀 영웅이 되어 있었다.

"전학을 가야겠지?"

엄마가 물었을 때 유주는 되받아쳤다.

"왜?"

"그런 일이 있었는데 계속 다녀도 괜찮겠니?"

"내가 잘못한 게 없는데 왜 학교를 옮겨?"

"견딜 수 있겠니?"

"난 도망 안 가. 엄마도 그걸 원하잖아. 안 그래?"

"아이고, 단단한 내 새끼. 역시 내 새끼. 누구 딸인데 이렇
게 멋질까."

엄마의 품에서 유주는 죽은 남동생에게 종전을 선언할 수
있었다. 이제야 뺏겼던 삶을 돌려받았어. 그렇게 생각했다.

"우리 다 너 보러 왔어. 좆나 멋있다 진짜!"

"변태 새끼! 씨발, 다른 새끼들도 다 그렇게 돼졌으면 좋
겠는데."

"우리 언니 3학년인데 다른 언니들도 너 보고 싶다고 난
리였대. 개멋있다고. 아마 이따 내려올걸?"

"야, 새끼들아, 뭘 꼬나보냐. 너네도 불타 돼지고 싶어?"

"씨발, 저 새끼들 눈 까는 거 봐. 좆나 웃겨 씨발!"

"오늘 식단표 좆같아서 밖에 나가 먹을 건데 너도 같이
갈래? 돈 안 갖고 왔으면 내가 쫘줄게!"

그리고,

"유주야! 대박 사건. 나 오다가 이상미 봤어. 오늘 학교 왔더라? 미친년 아니야? 좆나 뻔뻔해. 어떻게 학교에 올 수가 있지?"

새로 생긴 친구들은 마치 게임 캐릭터를 여기저기 운반하는 물방울처럼, 그렇게 유주를 에워싸고 상미의 앞으로 데려다 놓았다. 교실에 수용할 수 있는 범위를 넘어선 수의 아이들이 금세 우글우글 몰려들었다. 모두 기대감에 가득 차 번쩍거리는 눈으로 유주를, 그다음엔 상미를 바라보았다. 언젠가 엄마 아빠가 거실에서 보던 영화의 로마 시대 검투사가 이랬을까? 유주는 상미를 똑바로 바라보았다. 그 아이는 자신을 보고 있지 않았다. 애꿎은 책상의 낙서만 가슴 속에 뚜렷하게 새기려는 듯 간절하게 응시하고 있었다. 그러고 있으면 지금 이 상황에서 빠져나갈 수 있을 것처럼.

이젠 결코 되돌릴 수 없는 일인데. 유주는 새로 얻게 된 이 삶을 거절하고 싶은 생각이 없었다. 다가가서 손을 뻗었다. 상미의 머리채를 쥐었다. 귀를 터뜨릴 정도로 큰 환호가 360도로 원을 그리며 유주를 에워싸고 춤을 추었다. 팔을 들어 올렸다. 상미가 끌려 올라오듯 일어났다.

"아줌마가……."

상미가 입을 열었다.

"아줌마가 미안하다고 전해달래. 도저히 너를 보러 올 용기가 안 난대."

그 말을 듣자마자 입에 침이 가득 고였다. 모으고 모아서 상미의 얼굴로 힘껏 뱉었다. 박수갈채가 불같이 터져 나왔다. 누군가 휘파람도 불었다.

"다시 말해봐."

"널 못 보겠대."

한 번 더 뱉었다.

"씨발, 다시 말해보라고."

"너를 거기 놓고 온 게 후회돼서 죽고 싶대."

"그년은 말만 좆나게 잘하지. 죽는 게 뭔지도 모르면서."

상미의 머리채를 놓았다. 유주의 침이 그 애의 얼굴에서 뚝뚝 흘러내리고 있었다. 한 번 더 뱉을까 하다가 목이 말라서 그만두었다. 등을 돌려 걸었다. 흥분한 아이들의 고성이 발끝을 따라왔다. 몇몇이 달려들어 유주에게 팔짱을 끼었다. 허무했지만 싫지 않았다. 그간 왜 그렇게 마음을 졸이고 애타야 했는지 기억이 나지 않았다. 그렇게 좋아 죽는 둘이서 나 없이 잘 지내라지. 마지막까지 자신에게 아무 말 없이, 상미에게 할 말을 전하는 것도 짜증이 났다. 그러나 신경 쓰지 않기로 마음을 먹었다. 주변에 이렇게나 자신의 편이 많았다. 이젠 되었다.

사람에게 침을 뱉었구나. 내가. 수업 시간이 돼서야 뒤늦게 하나도 집중이 되지 않고 심장이 거센 소리를 내며 뛰었다. 그 소리가 다른 아이들에게 들릴까 싶어 두려웠다. 손이 덜덜 떨려서 필기를 할 수가 없었다. 왼손으로 오른쪽 손목을 자국이 남도록 세게 잡아보아도 떨림이 멈추지도, 흥분이 가시지도 않았다. 내가 그런 짓을 했구나.

상미는 얼굴을 닦기 위해 교실을 나왔다. 천천히 화장실로 걸었다. 엄마, 나 그냥 전학을 가면 안 될까. 어젯밤 그렇게 물었을 때 엄마와 아빠는 이렇게 대답했다.

"너 죄 지었니?"

"아니."

"그러면 당당하게 맞서야지. 네가 전학 가면 잘못이 있다는 걸 인정하는 꼴밖엔 안 되잖아. 맞서 싸워, 그러면서 배우는 거야."

너무나 단단하고 강단 있고 소신이 뚜렷하셔서 자기들만의 세계에 갇혀 사는 부부에게 무엇을 바랐던 걸까. 상미는 순진하게 그런 요구를 하며 혹시나 들어줄 거라는 희망을 가졌던 자기 자신을 믿을 수가 없었다. 자꾸 헛웃음이 나왔다.

화장실에 가려면 5반을 지나야 했는데, 문 앞에 비뚜름하게 서 있는 것은 남지호였다. 못 본 척 넘어가려고 했는데 그 애가 상미를 불렀다.

"야."

상미는 대답하지 않고 계속 걸었다. 그러자 그 애가 성큼성큼 뒤따르더니 앞을 막아섰다.

"야, 얼굴에 뭐냐?"

대꾸할 기력이 없었다. 그냥 아무 말 없이 멈추었다.

"더럽게, 얼굴에 뭐냐고."

다들 내게 왜 이러는 걸까. 칠흑같이 검고 무거운 모래 폭풍이 찾아오듯 밀려드는 절망 속에서 상미는 그대로 주저앉았다.

"야!"

그냥 모든 것을 잊고 정신을 놓아버리는 것이 꾸역꾸역 버티며 사는 것보다 편할 것 같았기에.

"야!"

이상한 잠이 쏟아지는 것만 같았다. 복도의 콘크리트 바닥이 차가웠지만 상미는 눈을 감았다.

그냥 이대로, 아무것도 하지 않은 채 어딘가에 실려 터널을 건널 수 있다면. 차갑게 나이 들어 모든 걸 과거로만 기억할 수 있게 된다면.

그렇게만 된다면 얼마나 미치도록 다행스러운 일일지.

20

사람들은 모두 마치 자기 목소리의 음량만이 자신의 존재를 증명해 주는 것처럼 떠들고 있었다. 아무도 담배를 피우지 않는데도 그 목소리에서 매캐한 연기가 나오는 듯, 사방이 사정없이 뿌연 색을 띠었다. 거기에 싸구려 스피커에서 터져 나오는 10년 전 즈음의 댄스 음악까지 합쳐져 귓바퀴를 뻑적지근하게 만들었다. 유주는 옆자리에 앉은 남자의 말이 들리지 않아 계속 되물어야 했다. 그러면 남자는 목청을 더 높여 말했는데 그러면 말소리가 명확히 전달되는 게 아니라 왕왕거렸다. 왕왕왕왕왕왕. 그냥 말을 하지 않으면 안 되나. 유주는 속으로만 그렇게 생각하며 그의 얼굴에 대고 억지로 웃었다. 맞은편에서 친구들이 깔깔대며 테이블에 엎어지고 무릎을 치는 모습들을 바라보면서.

이렇게 시끄러운 곳에서 어떻게 서로의 말을 알아들을 수 있나? 남자가 고개를 으쓱하더니 옆으로 돌렸다. 또 혼자가 되었네. 유주는 멀거니 앉아서 그들이 하는 양을 바라보았다. 이런 느낌이 이상하거나 낯설어지지 않은 것이 어제오늘의 일은 아니었다. 배가 살살 아팠다. 생리 이틀 차. 진통제를 먹고 싶었는데 오늘 술자리가 있다고 해서 먹지 않았다. 뜨거운 핫팩을 배에 대고 침대에 누워 푹 쉬고 싶었다. 바보같이 여길 왜 나왔을까? 스스로에게 물으면서도, 스스로가 이런 자리를 건너뛸 수 없는 사람이란 것 또한 잘 알고 있었다.

유주는 그게 그렇게 두려웠다. 자기가 없는 시간 동안 자기가 없는 곳에서 무언가 재미있는 일이 벌어질 것. 그래서 모든 사람이, 유주가 있는데도 유주 앞에서 유주가 모르는 그날의 이야기를 할 것. 자기 혼자 멀뚱히 앉아서 다 이해한 것처럼 웃으며 있을 것. 그러면 모두 안 그런 척하며 자기들끼리 눈빛을 교환하고 비웃겠지. 쟤는 뭘 안다고 웃는 거냐? 그런 말들을 뒤에서 쑥덕거리겠지. 혼자 집에 있으면 자꾸 그런 상황만 상상하게 되어서 결국 밖으로 나오고, 또 나오고, 나와서는 괜한 짓을 했음을 거듭 깨닫는 것이었다. 어차피 함께 있어도 그들의 말과 행동을 알아들을 수가 없으니까.

죽고 싶어서, 아주 조그만 생기만 고여 있는 곳에 스스로 찾아가 죽은 사람들의 죽은 말만 들었을 때가 있었다. 5년 전이었고, 무슨 일이 있었는지 기억해 보려고 노력하면 수많은 구덩이가 팬 모래밭을 눈을 감고 걷는 기분이었다. 아무리 더듬더듬 발끝을 세우고 조심하려 노력해도 자꾸만 푹푹 빠지는 것이었다. 그리고 거기서 빠져나오려 하면 네 개의 팔이 달려들어 자신을 옭아맸다.

"너는 친했던 친구랑 절교한 적 있어?"

한 무리가 우르르 담배를 피우러 나가고, 자리에 남아 있던 유일한 동기에게 유주가 물었다. 느닷없는 물음에 동기는 조금 당황한 듯 보였다. 그래서 유주는 일부러 몸을 조금 움직이며 취한 척을 했다. 취해서 엉뚱한 감정에 휩싸여 아무 말이나 막 묻는 여자애처럼 보이도록.

"글쎄, 칼처럼 절교한 적은 없고. 그냥 시간 지나면서 멀어지다 연락 끊긴 애들이야 많지."

"심하게 싸운 적은 없고?"

"아, 뭐, 싸우기야 엄청 싸웠지. 특히 어릴수록 더 그랬지

258

뭐. 그러고 또 금방 화해하고. 근데 왜?"

"아니야. 그냥 중학교 때 친구가 갑자기 생각나서."

"이제 안 봐?"

"응…… 뭐."

"보고 싶으면 연락해. 어차피 애들은 그런 거 금방 잊던데? 벌써 우리 스무 살인데 그거 가지고 아직도 연락 안 받아주고 쌩 까고 그러면 솔직히 좀 쪼잔해 보이더라."

"그래?"

"엉. 야, 솔직히 근황 찾아보는 거 쉽잖아. 카톡 프사 눌러서 지금까지 바뀐 거 싹 한번 훑고, 인스타랑 페북도 검색 한번 하고. 그럼 근황 나오니까 그거 가지고 연락하는 거지 뭐. 잘 지내? 프사 보니까 요렇게 사네, 뭐 그런 식으로."

처음으로 나쁜 짓을 저질렀던 그날, 그 애에 대해서 아무것도 모른다는 걸 알게 되었는데. 사는 곳도, 연락할 방법도, 부모가 무슨 일을 하는지도, 정말이지 아무것도. 담배 냄새를 풍기며 동기들이 돌아오자 남자 동기는 유주 반대쪽으로 고개를 돌려 다시 낄낄대고 웃기 시작했다. 고개만이 아니라 거의 등을 돌린 모양새였다. 결국에 나는 평생 누군가의 등을 바라보며 살아가도록 운명 지어진 것일까?

고등학교를 졸업할 때까지는 괜찮았다. 드디어 자기 안

의 모든 거스러미들을 뽑아내고 매끈한 모습만을 가지게 된 거라고 여겼다. 중학교의 유주를, 그 사건을 기억하는 친구들이 대거 동네의 같은 고등학교에 진학했으며 그래서 유주는 편했고 또 안심했다. 누구에게나 아주 어두운 시절이 있겠지. 떠올리기도 싫은 과거의 어눌하고 못생긴 모습이 있겠지. 나는 이제 그걸 떨쳐버렸고 다시는 돌아가지 않을 자신이 있어.

난 이제 죽지 않고 살 거야.

그렇게 생각했었다. 그럴 수 있을 줄 알았다.

"내일모레 엠티인데 오늘은 그만 시마이하자."

누군가 외쳤다.

대부분 스무 살인 아이들은 고삐가 풀린 망아지처럼, 아니 정확히는 난생처음 발정이 난 고양이처럼 구는 것을 정상이라고 여겼다. 아무 어깨에나 손을 올리고, 별것 아닌 손짓에 때로 광분하며 A와 B를 엮고, B와 C를 엮고, 또 C와 D를 엮고 그러나 D는 A에게 관심이……! 따위의 이야기를 하며 호들갑을 떨었다. 조악하고 재미없는 프로그램으로 짜여 있던 엠티 첫날 밤, 이 중에서 결혼을 제일 빨리 할 것 같은 여자 동기는? 학창 시절 여자 꽤나 울렸을 남자 동기는? 따위로 설문조사를 하며 다 함께 술렁이던 그 파도 한 가운데에서 유주는 혼자 당혹스러운 표정으로 난데없이 솟아난 바위섬처럼, 자신도 파도처럼 움직여야 깎이지 않고 안전하다는 걸 알지만 뿌리 깊게 박혀 태생부터 그럴 수 없는 작은 섬처럼 앉아 있었다.

만약 재들이 날 좋아했더라면 내가 그 일을 떨쳐낼 수 있었을까. 그런 상상을 해보지 않은 건 아니었다. 내가 손가락 하나 까딱하지 않고도 사랑받을 수 있는 사람이었더라면 나는 어떤 일도 일어나지 않았던 것처럼 굴 수 있었을까.

입학 첫날 자기소개를 하러 일어날 때, 절뚝이는 다리를 보고 불쌍하다는 표정을 지으며 미소를 띠던 사람들의 얼굴을 다 후려치고 싶었다. 그게 양심적인 것이라고, 인간다운 것이라고 그들은 생각했겠지.

세 명에게 거절당했다고 소문이 파다했던 선배가 자신의 어깨에 손을 올리던 어느 날의 술자리에서 그 손에 라이터 불을 붙였으면 어떤 일이 일어났을까? 상상은 거기서 더 가지를 뻗지 못했다. 그 선배의 제안에 유주가 고개를 끄덕였기 때문에.

엠티촌의 강물은 생각보다 더 깊고 컴컴했다. 새벽 어스름의 아직 찬 공기를 뚫고 트럭에 실려 도착한 고무보트들

은 보기만 해도 축축했다. 앉기조차 싫게 생긴 더러운 본체
가 보이지 않는 것처럼 둘씩 짝지은 사람들은 꺅꺅 고성을
질러대며 보트를 강기슭으로 밀었다.

우리도 얼른 타자. 유주의 옆에 서 있던 선배가 유주에게
팔을 두르며 말했다.

겨우 이런 걸 하자고 살아남은 것은 아니었지만 유주는
고개를 끄덕였다. 이제 와서 뭐라 말할 수 있을 것인가. 저
는 물에 빠져 죽을 뻔한 적이 있어요. 그때부터 발을 절게
되었지요. 저를 살려준 남자가 발뒤꿈치를 잡고 있었기 때
문에. 그리고 그 남자가 죽어버렸기 때문에. 저는 성폭행을
당할 뻔한 적이 있어요. 그리고 그 남자를 불태워 죽여버렸
지요. 그때부터 헛된 희망으로 조금 더 살았어요. 다들 나를
중요한 사람인 것처럼 대해줬기 때문에. 그게 죄책감을 덜려
는 그들 나름의 방식이었단 건 나중에야 알게 되었어요.

그런 말을 어떻게 할 수 있을 것인가. 유주는 그들 몫의
보트를 힘주어 밀었다. 저 남자와 물 한가운데 나가는 것이
두렵냐고 묻는다면 그렇다고 대답할 것이었지만, 그렇게 물
어봐줄 사람들은 5년 전에 이미 유주의 삶에서 사라지고 없
었다.

"목을 어떻게 매는지 몰라서 약을 먹었대."

중학교 졸업식 날 상미가 유주를 불러내서 말했다.

"눈 뜨고 나를 보자마자 제일 먼저 한 말이 뭔 줄 알아? 사람들은 또 소동을 벌였다고 하겠지? 시위를 했다고 하겠지? 괜히 관심 끌고 싶어서 약 조금 먹고 유난을 떨었다고, 그렇게 말하겠지? 그러면서 그랬어, 아줌마가. 이래서 목을 매야 하는데 그래야 확실히 죽는데, 하고. 그런데 목을 어떻게 매는 건지 모르겠다고. 영화 같은 데 보면 천장에 대롱대롱 매달려 있던데 그럼 천장에 못이라도 박아야 하는 건가 도대체 모르겠어서 약을 먹었는데 왜 그랬을까 후회스럽다고. 목도 맬 줄 모르는 어른이 된 게 창피하다고."

"나보고 어쩌라는 건데?"

유주가 되물었다.

"네가 한 번이라도 아줌마를 보러 왔으면 이런 일은 없었을 거야."

"너는 어떻게 그렇게 뻔뻔스러울 수가 있어? 네가 나 같은 상황이 돼봤어?"

"너보고 용서해 달라고 한 적 없어. 와서 소리를 지르든 아줌마를 때리든 아니면 하다못해 신고를 하거나 고소를 하거나 했으면 아줌마는 오히려 고마워했을 거야. 미안해하면서 살았을 거야. 그게 아줌마니까. 그런데 넌 상종도 하지 못할 사람 취급을 하잖아. 악마 취급을 하잖아. 사람들의 입으로 돌려서 그렇게 까 내렸잖아."

"그럼 사람들 입을 내가 다 막을 수가 있겠니?"

"이제 네가 좀 살 것 같으니까, 친구도 많고 재미있는 일도 많으니까 그러니까 아줌마 생각은 하지도 않고, 어떻게 살고 있을지에 대해선 관심도 없고. 힘들 때 얼마나 도움을 많이 줬는지는 기억도 못 하고."

"나한테 고마운 사람은 진영 이모밖에 없어. 그리고 진영 이모는 타 죽었어."

"뭐라고?"

"응, 죽었어. 네가 말하는 그 사람은 모르는 사람이야. 이제 우리도 서로 볼 일 없는데 왜 자꾸 찾아와서 난리야."

호수의 한가운데서 유주는 무슨 말을 해야 할지 몰라 자꾸 손톱만 물어뜯었다. 선배는 유주에게서 이런저런 말들을 이끌어내기 위해 나름대로 애쓰는 듯했다. 학식은 먹을 만해? 난 1년 지나니까 완전 물리더라. 동기들이랑은 많이 친해졌어? 선배들이랑은 밥약 많이 잡았어? 너도 올해 기를 쓰고 많이 얻어먹어. 그래야 나중에 후배들 사줄 때 후회 안

한다? 선배의 끝없는 말에 유주는 간신히 고개를 주억거리며 생각했다. 그 지긋지긋한 밥, 밥, 밥……. 흔히들 밥약이라고 이야기하는, 선배가 새로 입학한 후배에게 밥을 사주는 풍습을 처음 마주했을 때 어쩔 수 없이 효윤과 상미를 떠올릴 수밖에 없었다.

그는 어떻게 살고 있으려나.

그 애는 또 어떻게 살고 있으려나.

강기슭을 바라보았다. 남자 둘로 이루어진 짝들이 보트에 올라타고 있는 중이었다. 함께 보트에 오를 여자를 잡지 못한 남자애들은 해적이 되어 먼저 출발한 남녀 보트를 훼방 놓아야 한다고 선배들이 룰을 설명했을 때 동기들은 낄낄 소리를 내며 웃었었다. 몇몇은, 야 해적이 더 재밌겠는데 나랑 해적 할래? 라고 서로에게 농을 걸었다. 그때 유주는 묻고 싶었다. 만약 보트에 타고 싶지 않다면 어떻게 해야 하나요? 선택을 받지 않을 권리 같은 건 제게 없나요? 그러나 묻지 못했다. 유주의 안에서는 언제나 열다섯의 유주 둘이서 서로를 할퀴고 있었으니까. 누구의 삶에서도 선택을 받지 못해 죽음의 냄새를 찾아다니던 여름의 유주, 그리고 자신을 선택한 자의 눈빛과 몸짓 하나하나에 온 맘을 걸던 가을의 유주. 어느 쪽이 더 나쁜지 유주는 아직도 스스로에게 결론을 내려주지 못하고 있었다.

"야, 야! 보트 넘어가!"

선배의 외침에 현실의 호수 위로 돌아왔을 때 이미 남자 동기 둘이 노를 젓던 보트가 유주가 탄 보트에 딱 밀착한 후였다. 해적들은 어디선가 구한 물총으로, 또 양동이로 유주와 선배에게 물을 뿌렸다. 어깨까지 기른 유주의 머리가 금세 물미역처럼 축축하게 젖어 얼굴을 감았다. 해적 보트가 연신 그들의 보트에 박치기를 했다. 보트가 심하게 울렁댔다. 선배는 소리를 질러댔다.

"보트 넘어간다고!"

"어때요! 어차피 구명조끼 입었잖아요!"

누군가 벌떡 일어서더니 그들의 보트로 넘어왔고, 삽시간에 유주의 땅과 하늘이 뒤바뀌더니 눈과 귀가 먹먹해졌다.

3월의 아주 검고 찬 물의 무게를 몸에 짊어졌다. 손을 휘저었다. 누군가의 손이, 수면으로 올라가려는 유주의 머리를 누르고 있었다. 물 밖에서 사람들이 웃는 소리가 아스라이 들렸다. 물에 소리가 굴절되어, 마치 다른 행성에서 온 외계인들 같았다.

갑자기 궁금한 것이 생겼다.

이모, 저 보트에 타기 싫어요. 힘들게 들어간 대학도 맘에 안 들고, 사람들은 다 저를 싫어하는 것 같고. 어떻게 그 사이에 끼어들고 말을 나눠야 할지 모르겠어요. 거지 같아요. 저 왜 지금껏 살았죠?

그렇게 물었다면 효윤은 무슨 말을 해주었을까.

어쩌면 나는 물에서 나온 아이일까요. 사람 아이가 아니라. 원래의 나, 그 사람 아이는 그 안에다 던져두고 나온 거예요. 이모네 아저씨 몸에다 토해놓고 나온 거예요. 이모네 아저씨는 나였던 사람 아이를 품에 안고 물에서 나왔어요. 그러고는 죽기까지 2주 동안 이모랑 사랑을 한 거죠. 그때, 아저씨 몸이 이모 몸에 들어가 있을 때 사람 아이는 이모에게로 옮겨 간 것은 아닐까요. 물에서 나온 아이는 다른 사람들과는 어울리지 못하죠.

그래. 그래서 내가 이모를 알아봤던 거예요. 이모는 사람 아이가 어떻게 생겼는지 모르지만 나는 내 것을 아니까. 원래의 내가 어떻게 생겼는지 아니까. 그래서 모르는 이모의 옷자락을 덥석 잡은 거죠. 그리고 이모랑 이야기하고 마음을 나눌 수 있었던 거예요.

맞네. 이제야 아귀가 맞잖아요. 나는 아무와도 친해지지 못하고 누구와 있어도 맘이 편하지 않은데 이모랑은 그러지 않았어요. 이모 앞에선 금세 맘껏 먹고 웃고 울고 이야기도 했어요. 나는 그때 내가 조금씩 나아지고 있다고 생각했는데 그게 아니라 그냥…… 그냥 나는 이모가 자기도 모르는 사이에 키운 사람 아이를 알아본 거 아닐까요. 원래의 나.

그런데 시간이 너무 많이 흘렀어. 이모가 울고 방 안에 틀어박히고 약을 먹고 상미를 나에게 보내고 하는 동안 어쩌면 그 사람 아이는 시름시름 앓다가 죽어버렸는지도 모르겠어요. 그러면 어떡하죠. 그러면 이제 그 아이도, 그 아이를 품고 키우는 사람도 나는 다시는 알아볼 수 없는 거잖아요.

세상은 내가 아주 어렸을 때부터 어둡고 잔인했으며 끝내는 이모와 나의 관계를 방해하려 급하게 손을 뻗었는데 내가 그 죄를 이모에게 씌운 것은 아니었을까요. 결국에는 그 괴물 같은 것이 승리하도록 만든 것이 내가 아니었을까요.

모르겠어.

무엇이 진짜 내 운명이었는지. 이모와 나는 어디까지 갈 운명이었는지.

아니면 그냥……

그냥 운명 같은 것은 없고, 사람들은 다 그냥 개미만도 못한 티끌이고, 모든 것이 장난이었을지.

이모.

이모는 뭐 하고 살아요. 지금.

지금은 내 뒤를 더 이상 캐지 않는 거예요?

옛날에는 그렇게 해서 나한테 왔잖아요. 지금은 왜 더 이상 안 그러는데요?

나한테 무슨 말이라도 해봐.

21

몸이 사정없이 떨렸고 목구멍이 퉁퉁 부어 숨 한 줄기 오
고 가는 것조차 힘겨웠다. 모든 근육들이 비명을 지르고 있
었다. 수없이 많던 약국은 왜 이 거리에만 코빼기도 비치지
않는지 알 수가 없어 화가 났다. 선배, 얘 감기 걸린 것 같
아요. 동기의 말에 과대는, 서울 가자마자 병원 먼저 들러
라, 응? 하고 멀리서 유주에게 소리를 질렀다. 그런 간단한
말은 지나가던 개미도 할 수 있어. 전세 버스에 실려 서울에
돌아오는 동안 어떤 종류라고 규정할 수 없는 분노가 치밀
어 올랐다. 당신들은 모두 나를 개미만도 못하게 취급하고
그래서 내게 개미만도 못하게 될 거야. 그렇지만 개미의 마

음 따윈 안중에도 없겠지.

미운 생각을 표현도 못 하며 당하기만 하는 것이 얼마나 서글픈 일인가. 유주는 딱 한 번 미운 생각을 직접 행동으로 옮긴 적이 있는데 그것은 자신에게 가장 소중했던, 그리고 자신에게 가장 친절했던, 자신이 가장 가깝다고 생각했던 사람들을 대상으로 한 것이었다.

왜 그 생각이 지금 머릿속을 온통 덮고 있는지 모를 일이었다. 물에 빠졌기 때문이거나, 몸이 몹시 아프기 때문이거나, 혹은 둘 다의 이유로.

눈물을 줄줄 흘리며 절뚝절뚝 걸어가는 스무 살짜리 여자애를 행인들은 힐끔힐끔 쳐다보았지만 누구도 말을 걸거나 무엇이 문제인지 묻지 않았다.

왜 울고 있어요?

어디 불편한 곳이 있나요?

무슨 일이 있었어요?

그 누구도, 그 어떤 말도.

"저기요."

"네?"

"이 안에 약국이 있을까요?"

"그렇지 않을까요? 이렇게 큰 마트에는."

"그럴까요?"

"그럴 거 같은데. 자기야, 알아?"

"내가 어떻게 알아."

"아마 그럴 거예요."

"감사합니다."

"확실하진 않아요."

"예, 괜찮아요. 감사합니다."

1층, 지하 1층, 지하 2층.

다시 올라와서 2층, 3층, 그다음엔 주차장.

유주는 점점 자신이 무엇을 찾고 있는지도 모를 지경이었다. 눈앞의 모든 것이 희미했다.

사실 상미와 효윤이 어떻게 사는지 찾아본 적이 있었다. 대학에 막 붙어서 한 단계 업그레이드된 엄마의 액세서리가 되었을 때였다. 모든 역경을 이겨내고 바르게 큰 자랑스러운 딸이 되었을 때. 그 얼떨떨하고 달콤한 시간에 두 사람은 어떻게 사는지 흔적을 쫓아본 적이 있었다. 그리워서였을까. 아마 그것은 아니었을 거라고 유주는 생각했다. 그보다는 오히려, 혼자서라도 더 많은 우월감을 느끼기 위해서였을 가능성이 컸다. 자신을 그렇게 버려뒀던 사람들이 잘 살지 못하는 모습을 확인하고 싶었을 것이다. 그게 결말의 핵심이라 여겼을 것이다. 아무리 빛나는 액세서리여도 마감이 부실하면 가치가 크게 떨어질 테니.

상미가 학비 전액 무료인 특성화고에 다닌다는 이야기를 건너 들었다. 동네에서 대중교통으로 40분 넘게 가야 하는 곳이었다. 그 학교명에 기대어 상미의 하나뿐인 SNS 계정을 찾았다. 흔한 이름이어서 스크롤을 한참 내려야 했다. 프로필 사진은 설정되어 있지 않았지만 열다섯 살에 서로의 수첩에 적어두었던 생일이 날짜 그대로 공개되어 있으니 아마 상미가 맞을 것이었다.

가장 최근의 게시물은 '출근 ㅆㅂ 좆된다'라는 한 줄짜리 글이었다. 출근. 두 달 있으면 대학생이 될 유주는 가만가만 소리 내어 읽었다.

출근…… 씨발……

좆된다.

너 이상미 맞구나. 혼잣말을 했다. 내가 아는 그 이상미야.

아무도 좋아요를 누르지 않은 그 글을 유주는 노트북 화면이 절전 모드로 바뀌어 검게 변하기 직전까지 노려보다 스크롤을 내렸다. 한 줄짜리 짧은 일기들, 아무도 보지 않아 굳이 가릴 필요 없이 전체 공개로 남아 있는 글들, 나는 얼굴도 못생겨서 면접도 다 떨어지고 얼굴 안 보이는 고객 센터 상담원이나 하고 매일 욕이나 처먹는다, 같은 문장들을 읽었다. 친구 리스트가 공개되어 있어서 스크롤을 내려 몇 안 되는 이름들을 쭉 훑었다. 효윤의 이름은 없었다. 효윤 같아 보이는 사람도 없었다.

효윤의 흔적은 끝끝내 찾지 못했다. 그 둘도 결국에는 서로의 존재를 곁에서 떼어내게 된 걸까? 그럴지도 몰랐다. 몇 안 되는 글 안의 상미는 악에 받쳐 있었다. 효윤이 있었다면 효윤에게 털어놓아도 되지 않았을까.

눈앞이 빙빙 돌고 아무 소리도 들리지 않아서 비상구 문을 열고 나가 차고 단단한 계단에 엉덩이를 대고 앉았다. 난간에 몸을 기댔다. 다시는 어디로도 갈 수 없을 것같이 몸이 아파서 엄마에게 전화를 걸었지만 통화 중이었다. 하긴, 액세서리 주제에 주인을 성가시게 해서는 안 되지.

몇 년 전에도 이랬던 때가 있었다. 아무 데도 갈 곳이 없어서, 살 이유가 별로 없어서, 아무도 자신을 마음에 담아두고 있지도 보살펴주지도 않으니 자신은 이 세계의 총량을 계산할 때 제외되는 부록이나 잉여일 뿐이라는 생각이 들어서, 생명이라곤 느껴지지 않는 고요한 곳을 찾아 딱딱한 그

바닥에 눕듯이 기대앉아 있던 때가.

벗어났다고 생각했는데 여전히 제자리였다.

유주는 생각했다.

왜 거짓을 말했던가.

그 남자는 바지를 내리지도, 유주를 바라보지도 않았는데.

술에 취해 방을 잘못 들어온 것뿐이었는데.

겁을 먹고 라이터를 집어 던진 것은 유주였는데.

왜 그런 거짓을 말했던가.

그 말로 얻은 것들은 결국 이렇게 빨리 손가락 사이로 빠져나가는데.

순간의 충동으로 내뱉은 말이 진짜 있었던 일로 치환되는 동안 죄책감 같은 걸 느껴본 적이 있었나.

그저 어떻게든 모두에게 상처를 주고 싶었을 뿐이었나.

그때 유주의 핸드폰에 짧게 두 번 진동이 울렸다.

효윤은 천천히 걸어 나왔다. 식장에서 빠져나오는 하객들과 건물 1층에 있는 햄버거 가게로 들어가려는 사람들이 섞여 어지러웠다. 아직 3월이라 볕이 전혀 따갑지 않았지만 아무것도 보고 싶지 않아 이마에 손차양을 만들어 대었다. 갈

비탕 냄새와 햄버거 냄새가 뒤섞였다. 남훈은 나이 든 하객들은 움직이며 먹는 것을 싫어한다고 갈비탕을 고집했다. 효윤은 그러려니 했다. 이제 더 이상 효윤의 일이 아니었다.

남훈이 다시 결혼한다고 했을 때 효윤의 머릿속에 처음으로 떠오른 낱말은 식모였다. "식모!"라고 크게 소리를 지르고 싶었다. 효윤의 몸이 약해지고 수없이 병원을 들락거리면서 남훈은 혼자 늙어 죽게 될 가능성에 밤낮으로 시달리는 모습이었다. 밥도 빨래도 청소도 할 줄 모르는 인간. 효윤이 약을 먹었을 때, 아마도 그즈음부터 남훈은 재혼 생각을 해왔을 것이다. 이렇게 하나밖에 없는 딸이 픽 죽어버리면 그대로 굶어 같이 죽어버릴 자신의 미래가 눈에 빤했으니까.

빠글빠글한 파마머리의 여자를 처음 만났을 때 효윤은 아무것도 묻지 않고 연신 물로 입술을 축였다. 여자는 싹싹하게 굴었고 효윤의 침묵을 나이 든 아버지의 재혼에 대한 불만으로 이해했는지, 자신이 얼마나 아버지에게 잘해드릴 수 있는지 그리고 그를 얼마나 사랑하는지에 대해 연신 떠들어댔다. 효윤이 아무 대꾸도 하지 않은 것은 그저 입만 열면 그런 물음을 던지게 될 것 같아서였다.

당신이 식모가 되러 온다는 걸 알고 있나요?

끝내 그 물음을 던지지 않은 것은, 파마머리 여자 덕분에 자신이 몇십 년간 지내야 했던 그 공간을 벗어날 수 있다는 비겁한 안도감 때문이었을지도 모른다.

　길을 조금 걸어 카페의 문을 열고 들어서자 저쪽에서 자신을 부르는 목소리가 들렸다.

　"응, 상미야. 많이 기다렸지."

　"아녜요. 저도 방금 왔어요. 식은 잘 끝났어요?"

　"잘 끝나고 말고 할 게 뭐 있나. 이제 남남처럼 사는 거지."

　"결혼식 때문에 염색한 거예요?"

　"응."

　"진짜 어색하다. 아줌마 아닌 줄 알았잖아요."

　"나도 어색해."

　"근데 젊어 보여요."

　"한때니까 잘 감상해 놔."

　"원룸은 어때요?"

　"좋아. 깔끔하고. 전 주인이 방범창을 해놔서 좀 더 안심이 되고."

　"다행이네요. 놀러 갈게요, 소주 사 들고."

　"좋지."

"아줌마 혼자 살면 술 너무 많이 마실까 그게 걱정이네."

"네가 걱정하든 안 하든 어차피 많이 마실 거니까, 그냥 걱정하지 마."

"안주라도 좋은 거 먹어요."

"이제 냉장고가 있으니까 예전처럼 마른반찬에…… 먹진 않겠지."

둘 사이에 짧은 정적이 흘렀다. 효윤이 혼자 마른반찬에 소주를 마시던 곳이 어딘지 둘 다 잘 알고 있었다.

"할 수 있겠어?"

효윤이 물었다.

"못 할 것 같으면 안 해도 괜찮아."

"아니에요. 저도 맘 단단히 먹고 왔어요."

"고마워."

"뭘요. 아줌마가 나한테 해준 게 얼마나 많은데. 제가 이런 거 하나 못 할까요."

"너는 그냥 같이 있어주기만 해. 그것만으로도 나한테 힘이 될 것 같아."

"그럴게요."

"상미야."

"네?"

"내가 이러는 게 또다시 나쁜 일들을 만들어내는 건 아니 겠지."

"아줌마."

"응."

"솔직히, 그럴지도 몰라요."

"그래."

"그런데요."

"응."

"어차피 세상은 계속 나쁜 방향으로만 흘러가요."

"그래."

"그러니까, 그냥 하고 싶은 거 해요."

"고마워."

"그럼 시작해요?"

"응."

상미가 핸드폰을 들었다. 익숙한 손짓으로 SNS 계정 하나를 찾아냈다. 그러고는 대화 버튼을 눌렀다.

"이거예요."

효윤이 상미에게 핸드폰을 넘겨받았다.

"아줌마, 손 떤다. 술 그만 마시라니까."

"아니야. 자판이 익숙하지 않아서 그래."

효윤이 화면을 더듬거렸다. 짧은 문장을 쓰고는 잠시 망설이다 전송을 눌렀다. 그러고는 두 손을 얼굴에 갖다 대고 숨을 푸욱 쉬었다.

"보내지 말걸……."

효윤이 중얼거릴 때 상대가 메시지를 읽었다는 표시가 떴다.

작가의 말

변곡점. 이전에도 책이란 걸 두 권 냈지만 더 낼 수 있을 거라고는 절대 상상하지 못했는데, 더 많은 이들에게 이 이야기를 읽게 하고 싶다는 메일이 왔던 날에야 비로소, 이제 절대 쓰는 행위를 그만두지 못할 거라는 사실을 알게 됐다.

인류애라고는 눈곱만치도 찾아볼 수 없는 인간인데 이상하게 10대 아이들만을 사랑한다. 그래서 첫 직업을 선택했고 처절하게 실패했지만, 그래도 그들의 이야기를 쓸 수밖에 없었다.

삼 할 정도는 치앙마이에서 썼다. 혼자 묵던 호스텔의 바를 겸한 로비에 앉아서. 선풍기 바람을 맞으며 울고 싶어질 때마다 진과 보드카를 다시 채워주던 (물론 공짜는 아니었다. 그렇지만 이제 그만 마실 거냐고 물어보지도 않았다) 사람들 덕에 이야기를 안 놓고 붙들었나 싶기도 하다.

그리고 간절히 바라게 되었다. 이 세 사람이 부디 세 모양의 자세로, 이국의 땅에 앉아 땀을 뻘뻘 흘리며 밥을 먹고, 도마뱀을 보며 소리를 지르고, 술을 맛볼 기회를 가질 수 있기를.

나는 내게 그런 날이 절대 오지 않을 거라고 여겼었다.

세 모양의 마음

2020년 8월 17일 초판 1쇄 인쇄
2020년 9월　3일 초판 1쇄 발행

지은이　　　　설재인
발행인　　　　윤호권 박헌용
책임편집　　　조예원

발행처　　　　(주)시공사
출판등록　　　1989년 5월 10일(제3-248호)
주소　　　　　서울특별시 서초구 사임당로82(우편번호 06641)
전화　　　　　편집 (02)2046-2817 · 마케팅 (02)2046-2800
팩스　　　　　편집 · 마케팅 (02)585-1755
홈페이지　　　www.sigongsa.com

ISBN　　　　　979-11-6579-108-7 03810

이 도서의 국립중앙도서관 출판예정도서목록(CIP)은 서지정보유통지원시스템
홈페이지(http://seoji.nl.go.kr)와 국가자료공동목록시스템(http://www.nl.go.kr/kolisnet)에서
이용하실 수 있습니다.(CIP제어번호: CIP2020027489)